정원 가꾸기는 두말할 나위 없이
세상에서 가장 값진 일이다.

·

조지 버나드 쇼

타샤의 정원

타샤 튜더 · 토바 마틴 지음
리처드 브라운 사진
공경희 옮김

윌북

Tasha Tudor's Garden

with text by Tovah Martin, photographs by Richard W. Brown, and
illustrations by Tasha Tudor

타샤 튜더로부터

·
·
·

가드닝은 기쁨의 샘

처음 식물에 매료된 때를 나는 지금도 선명하게 기억하고 있습니다. 세 살인가 네 살 때쯤, 부모님의 친한 친구인 알렉산더 그레이엄 벨의 집에 방문했는데 그 집에 노란 장미의 일종인 '휴고 신부의 장미Rosa Hugonis'가 피어 있었죠. 맞아요, 전화를 발명한 그 유명한 벨의 집에요. 그때 나는 별 뜻 없이 생각했습니다. '꽃을 키우며 꽃과 생활하는 것이 삶의 즐거움이 될 거야'라고. 그때 벨의 집에서 본 장미는 지금도 눈앞에 있는 듯 생생히 떠올릴 수 있답니다.

나는 정원을 무척 좋아해요. 나무나 꽃을 심고 키우며 돌보는 것을 좋아합니다. 어떤 꽃을 가장 좋아하냐고 물어오지만 나는 모든 꽃이 다 좋아요. 먹고 살지 않으면 안 되니까 그림 그리는 일도 하지만, 만약 그럴 필요가 없다면 기쁜 마음으로 하루 종일 정원에서 화초를 돌보며 아름답게 핀 꽃을 즐길지도 모르죠.

"힘들지 않나요?"라고 묻는 분들도 계시지만, 난 정원의 나무나 꽃에게 특별한 걸 해주지는 않아요. 그저 좋아하니까 나무나 꽃에게 좋으리라 생각되는 것, 나무와 꽃이 기뻐하리라 생각되는 것을 하고 있을 뿐이지요. 잡초 뽑기나 물 주기를 게을리하지 않고, 필요한 비료를 제대로 주기만 하면 정원은 그에 화답해줍니다.

나의 정원은 지금도 변화하고 있습니다. 이번엔 어디에 무얼 심을까, 여기는 이렇게 하는 게 좋지 않을까 하고 궁리하는 것도 즐거운 일입니다. 또한 정원이나 식물에 대해 알고 싶은 것도 아직 잔뜩 있습니다. 한 가지 새로운 걸 배우면 더욱더 알고 싶어지지요.

나는 아흔 살이 넘은 지금도 장미 전문가가 되고 싶다고 생각한답니다. 전문가가 되고 싶다, 정말 되고 싶다고 생각하며 꿈을 따르는 일이 즐겁습니다.

모름지기 사람이란 그 모든 것의 해답을 알 수는 없어요. 그러니 더 많이 알고 싶거나 더 연구하고 싶은 꿈에는 끝이 없는 거죠. 더 배우고 싶은 꿈을 향해 나아가는 즐거움은 누구든지 언제라도 누릴 수 있는 으뜸의 기쁨이랍니다.

타샤 튜더

차례

타샤 튜더로부터
가드닝은 기쁨의 샘
5

프롤로그 · 시간에 묻힌 정원 · 8

4월과 그전 · 봄을 여는 서막 · 32

5월 · 정원, 깨어나다 · 64

6월 · 지천으로 핀 꽃 · 92

7월 · 데이지 화환과 참제비고깔 · 132

8월 · 백합과 산딸기 · 158

9월과 그 이후 · 수확의 계절 · 186

옮긴이로부터
천국 같은 정원으로의 나들이
216

타샤 튜더 연표 · 219

타샤 튜더 대표작품 · 220

Prologue

•

프롤로그

시간에 묻힌 정원

"내 유서 깊은

장미에 대해서는 겸손해지지가 않아요.

천국처럼 아름답죠."

내가 타샤 튜더를 처음 만난 것은 다른 사람들과 똑같은 경로를 통해서였다. 내가 어릴 때 잘 따르던 이모가 다니러 오면서 타샤 튜더의 편지지 세트를 선물로 갖다 주었다. 이모는 인쇄소 직원이었고 우린 자주 편지를 주고받는 사이였다. 이모가 그 편지지에 쓴 편지를 기대했다면 실망이 컸겠지. 난 편지지를 단 한 장도 누구에게 보내고 싶지 않았으니까. 편지지 상자를 책상 서랍에 고이 간직하다가 대학에 진학해서 집을 떠날 때도 가지고 갔다. 대학에서 집으로 편지를 보낼 때도 백지만, 오로지 백지만 사용했다. 그러다가 코네티컷에 있는 '로지네 온실'에 취직하자, 여기도 그 상자를 들고 왔다. 지금도 그 편지지를 간직하고 있다. 세월이 흘러 좀 누렇게 변했지만, 내 책상 맨 위 서랍에 고이 모셔져 있다.

온실에서 일한 지 몇 달이 지났을 때, 타샤 튜더가 우리 온실에 올 거라는 소문을 들었다. 상상이 되겠지만 난 당황했다. 사실 그리 충격을 받을 일이 아니었던 것을. 타샤가 뛰어난 원예가임을 알았으면서…. 그런데 그녀가 온다는 이야기를 듣자 들뜨기 시작했다. 보여주려고 편지지 세트를 꺼내놓고, 사인 받을 책들을 챙겼다. 하지만 그럴 기회는 없었다. 타샤는 온실의 수령초를 구경하는 데 더 관심이 있었다. 그리고 그런 화초를 매개로 지금까지 우리의 사귐은 이어져 왔다.

가끔 미술을 화제로 삼고 문학이나 동물 이야기도 하지만, 주로 꽃과 나무 이야기를 나눈다. 물론 타샤는 나보다 훨씬 잘 알지만, 이따금 내 체면을 세워주느라 동백나무 재배법이나 겨울에 앵초를 볕드는 창가에 두어야 하는지 묻는다. 둘 사이에서 나도 몫을 한다고 느끼게 해주려는 마음이겠지. 그녀는 앵초가 햇볕을 직접 쬐면 못 산다는 것을 잘 알고, 동백나무의 장단점도 나보다 잘 알 것이다.

오랜 세월 동안 타샤의 정원에 수없이 가봤지만, 아무리 가도 성에 차지 않는다. 타샤가 전화해서 내 마음을 잡아당길 때마다, 그대로 차에 올라타고 그 가파른 길을 달려가서 며칠간 꽃과 맛 좋은 음식에 파묻혀 지내고 싶은 마음이 굴뚝같다. 그렇게 찾아갔던 어느 날, 거기서 리처드 브라운을 만났다. 그는 잠시 카메라를 내리고 악수하더니, 올해는 양귀비꽃이 기가 막힌다고 말했다. 또 비밀의 정원에서 2미터 가까이 되는 디기탈리스를 봤느냐고 물었다. 그때부터 영원한 우정이 시작되었다.

리처드는 키가 크고 당당한 체격에 환한 미소를 짓다가 자주 웃음을 터뜨리는 사람이다. 그는 시골을 좋아하는 겸허한 사람이다. 타샤는 "리처드는 매사에 신사지요"라고 자주 말한다. 그는 오래전에

잡지에 실을 온실 사진을 촬영하다가 타샤와 알게 되었다. 사람들이 물을 때마다 "내 사진이 형편없었지요"라고 답하면서, 늘 자기 작품을 가차 없이 비판하는 성격이다. 그는 "정말이에요. 처음 왔을 때는 타샤에게 워낙 경외심을 느꼈고, 또 정원에 놀라서 사진을 제대로 못 찍었어요"라고 말한다. 하지만 그는 그날부터 지금까지 타샤를 찾아온다. 날씨가 비할 데 없이 좋을 때도, 그리고 나쁠 때도 외진 그의 집을 출발해 타샤에게 온다. 모든 순간의 타샤와 정원을 포착하기 위해서다. 자기 작품에 까다롭게 구는 그도 가끔은 괜찮은 사진을 찍기도 한다고 인정한다.

타샤를 찾아가는 길은 가볍게 볼 여정이 아니다. 처음 집에 찾아오겠다는 사람이 있으면 타샤는 난코스임을 경고해둔다. 아주 가파르고 군데군데 위험한 도로를 올라가서 그녀의 우편함에 도착한 후에도, 집까지는 꽤 먼 길이 남아 있다. 용기 있는 사람만 그 힘든 길을 가는 모험에 도전하지만, 타샤는 길을 어찌 해보려 하지 않을 것이다. 최악의 구덩이들을 뒤로 하며 먼지 속에 남기고 떠나면, 마침내 층층이부채꽃이 절하며 맞아주는 너른 풀밭에 다다른다. 차도가 그 사이에 나 있다. 몇 번인가 푸른 꽃무리 속에서 길을 잃다 보면 집이 눈에 들어온다.

✎ 타샤의 집은 언덕 꼭대기를 호령하는 듯이 보이고, 그녀가 전하고 싶은 인상 또한 딱 그 모습이다. 안팎으로 세월의 풍상을 겪은 건물로 보인다. 오랫동안 함께하며 써야만 생기는 갈라진 틈과 여러 결함들이 더욱 그런 분위기를 자아낸다. 하지만 사실 아들 세스가 어머니를 위해 이 집을 지은 것은 30여 년 전이었다. 일부러 문간을 낮게 내고, 마룻바닥을 평평하지 않게 설치했다. 아마 타샤가 온 세상을 찾아다닌다 해도, 이토록 그녀의 개성에 맞는 집을 찾지는 못했을 것이다. 아들네와 가까워서 편리하니 이만한 데가 있을까. 그래서 타샤는 세스를 뉴햄프셔주 콩코드에 보내 1740년대 농가를 측량하게 했다. 그녀가 꿈꾸던 집이 바로 거기 있었기 때문이다. 세스는 가능한 모든 목공 기술을 동원해서, 그의 집 바로 옆 부지에 콩코드의 농가를 재현해냈다.

타샤는 남들이 자신의 집을 처음 보고는 오래된 집이라 여기는 것을 좋아한다. 그렇게 속는 걸 보고 한참을 즐거워한 후에야 사실을 털어놓는다. 그녀는 주부답게 살짝 뽐내기도 한다. 그도 그럴 것이 꿈꾸던 집을 지은 것은 정말이지 큰일이었으니까. 세스 또한 어머니 못지않게 현대적인 것을 꺼려서, 손으로 쓰는 연장으로 타샤의 집을 지었다. 헛간을 지을 때는 가로세로 3미터짜리 기둥을 크레인의 도움을 받아 맨손으로 세웠다.

❧

타샤는 그림의 소재로 패럿튤립 같은 꽃을 키우고,
침실 창문 밖에 당당하게 핀 참제비고깔 같은 꽃들을 키우면서
아름다운 정경을 연출한다.

저녁이면 기둥을 고정시킬 나무못을 깎았다. 그 결과 세스는 누가 봐도 1740년대 농가로 보이는 집을 재현했다. 원래의 땅 모양 때문에 방향만 바꾸었다. 타샤의 말대로 '세스가 다이너마이트 쓰는 법을 몰라서'였다.

헛간이 완성되자 타샤는 거기로 이사했다. 그녀가 "난방 장치도 없이 1년간 헛간에서 살았지요"라고 말할 때는, 미 북부 출신다운 금욕 정신이 살짝 드러난다. 한편 세스는 아담한 방들이 미로처럼 있는 집을 만들었다. 집이 완공되었을 때, 완전히 새집인데도 타샤의 집은 수백 년은 되어 보였고 정말 편안하게 느껴졌다.

나는 좋은 날씨, 궂은 날씨 가릴 것 없이 타샤의 집에 가봤다. 산꼭대기에 햇살이 쏟아질 때도 타샤의 집 안은 어둡다. 그래서 현관을 빠져나와, 앞에 펼쳐진 정원과 맞닥뜨리면 유난히 눈이 부시다. 눈이 적응될 즈음 가까이 있는 테라스만 보인다. 테라스는 깊은 밤에 꾸는 명랑한 꿈처럼 펼쳐져 있다. 화려한 신기루처럼 초현실적으로 보여서, 가끔씩 그런 빛나는 효과를 노리고 일부러 실내를 어둡게 집을 지은 건 아닌지 궁금해진다. 타샤의 재치를 알기에 대놓고 묻지는 않지만.

여름 아침, 타샤는 정원을 돌면서 꽃다발을 만들 꽃을 찾는다.
6월에는 작약("난 큼직한 폭탄 타입을 좋아해요.")과 장미를
집으로 가져와서 이젤 앞에 놓고 그린다.

자태가 고운 돌능금나무 발목에 수선화가 무리지어 피어 있다.
타샤는 돌능금나무와 수선화가 한데 어우러지는 풍경을 좋아한다.

타샤는 정원을 계획적으로 꾸민 게 아니라고 말하겠지. "그냥 저대로 자란 거예요, 뒤죽박죽." 그녀는 늘 그렇게 말하지만 사실 테라스마다 공들여 꾸몄다는 것을 나는 안다. 석공 기술자 짐 헤릭에게 들은 바도 있고. 테라스에 돌공사를 할 때 타샤는 특별한 지시를 내렸다 한다. 짐은 그녀가 원하는 대로 작업을 했지만 식물이 뚫고 나올 구멍을 남기라는 지시는 따르지 않았다. 타샤는 그 일에 대해 아직도 분통을 터뜨린다. "지금 짐이 테라스를 짓는다면, 난 식물이 나올 구멍을

날씨가 좋으면 친구나 친척을 모델로 삼아 그림을 그린다.
꽃무리 속에 앉은 코기나 고양이를 그리기도 한다.

만들라고 고집을 부릴 거예요. 확실히 해둘 일이었는데." 요즘이라면 짐 헤릭도 마음대로 하지 못하리란 것은 분명하다.

돌 틈에서 식물이 나오든 아니든, 테라스는 독창적이며 자라는 화초들 또한 마찬가지다. 타샤의 집에 와보기 오래전에, 나는 그녀의 책에 실린 화보를 보고 대략 정원이 어떤 모습일지 감을 잡았다. 타샤는 미 북부 출신답게 정원을 잘 이용한다. 어느 날이든 거기서 수채화에 몰두해, 식물의 세밀한 부분을 묘사하는 데 완전히 푹 빠져

있는 그녀를 발견할 것이다. 타샤는 세상에서 가장 부지런한 영혼이다. 날씨가 나쁠 때도 정원에서 식물을 잘라다가 집으로 들여와서, 그림의 가장자리를 마무리하는 데 영감을 얻는다. 혹은 어린 친구들이나 친척들을 달래서 오래된 드레스를 입히고는, 접시꽃 옆에 가만 서 있게 한다. 그녀는 이런저런 이야기를 하면서 스케치북에 이 장면을 담는다. 타샤의 정원을 알면 그녀의 그림 여기저기서 그 풍경을 알아보게 된다. 타샤의 집 현관에 있는 팬지 바구니는 최근에 낸 책의 권두화에 나온다. 또 염소 우리 옆의 참제비고깔은 편지지 세트에 그대로 등장한다. 타샤의 삽화는 정원 일지와도 비슷하다. 또 그림 덕분에 이 거장 원예가는 사생활 침해를 받지 않고 세상에 원예의 소질을 보여줄 수 있다.

하지만 그림 때문에만 정원을 가꾸는 것은 아니다. 사실 타샤는 뼛속까지 양키로, 뉴잉글랜드의 훌륭한(별스럽기도 하지만) 집안에서 태어나고 성장했다. 오래전 조상들부터 정원을 가꾸었고, 삼촌은 매년 농산물 품평회에 채소를 출품하고 워낙 많은 상을 휩쓰는 바람에 결국 심사

위원들이 출품을 막을 정도였다. 그녀는 화초만 좋아하는 게 아니라 채소밭도 잘 가꾸는 피를 타고났다. 타샤는 자신이 기른 것을 꼭 사용한다. 노력의 결실이 몇 가지 목적으로 쓰일 때 가장 만족하고 자랑스러워한다. 누가 봐도 타샤는 새 모이만큼 먹는다. 수프 한 그릇으로도 종일 버틸 수 있다. 하지만 그녀는 정원에 나가 잘 익은 산딸기를 따거나, 집안 대대로 내려오는 콩을 앞치마 가득 따거나, 갓 낳은 달걀을 모아 특별한 손님에게 맛 좋은 음식을 대접하기를 좋아한다. 타샤가 리처드를 아주 좋아하는 데는 키가 크고 힘껏 일하는 사람이어서 음식을 엄청나게 많이 먹는 이유도 있다. "리처드는 몇 번이고 더 달라고 하거든요." 타샤는 의기양양한 눈빛으로 그렇게 말한다.

그래서 정원은 가치가 있다. 생활에 도움이 되니까. 하지만 그 저변에는 엄청난 환상이 도사리고 있다. 타샤 정원의 핵심은 바로 그것이다. 사실 타샤는 마당에 있는 풀 한 포기까지 진심으로 사랑하고, 식물 하나하나를 그대로 애지중지하면서 친한 친구처럼 이야기한다. 타샤는 좋아하는 장미에 대해 "그 아이가 싹을 예쁘게 틔웠는데, 날이 건조해서 시무룩해졌지요"라고 말한다.

눈이 적당히 내리지 않아 정원이 덜덜 떠는 것을 그녀가 두고 보지 못하는 것도 그 때문이다. 또 가뭄이 들면

그렇게 마음 졸인다. 정원이 늘 황홀해 보이는 것도 그 때문일 듯싶다. 타샤는 친구들을 최고로 빛나는 모습으로 그리기를 좋아한다.

타샤의 정원이 환상이라면, 그 모습은 과거에 뿌리내리고 있다. 그림에서는 종종 담대한 행보로 용기 있게 새로운 색깔을 도입하지만, 타샤는 기본적으로 매사에 복고적인 인물이다. 그녀는 역사가 깃든 것들을 선호한다. 사실 옛날에 쓰던 도구와 물건들, 아이디어들만이 그녀를 에워싸고 있다. 그것이 타샤 정원의 핵심이기도 하다. 그녀의 원예 기술은 집안에 대대로 내려오는 비법으로, 다른 사람들은 이미 오래전에 잊은 방법들이다. 그녀는 여러 세대 전에 시골집 정원에서 완벽한 조화를 이루었을 종류의 식물들을 키운다. 어머니의 정원에서 가져온 가장 오래된 장미들, 멸종되다시피 한 패랭이속 품종들, 수선화들, 이런 화초들이 타샤에게 와서 집을 얻는다. 친구들과 지인들도 낡은 헛간, 오래된 도구, 고풍스런 옷을 함께 즐긴다. 친지들도 물론 타샤의 집을 좋아한다. 하지만 무엇보다 우리를 묶어주는 것은 물려받은 식물들을 존중하는 마음이다. 타샤는 희귀한 앵초, 작약, 나리, 패랭이꽃에 대해 이야기하며 친구들을 정원으로 불러 모은다.

타샤는 손님에게 막 딴 과일과 야채를 대접한다.
조리해서 낼 때도 있고, 거두어들인 그대로 낼 때도 있다.

정원에서 새들이 노래하면, 창문 바깥쪽에 있는 비둘기장에서
비둘기들이 구구 소리로 화답한다.

그녀의 정원에 가면 그런 꽃들과 예술가의 영감을 발견하게 된다. 우리는 돌능금 사이에 핀 성스러운 수선화들 사이를 거닐고, 물망초 오솔길을 지나 꽃이 흐드러진 숲속의 빈터를 돌아다닌다. 다들 시간 모를 이곳에 매료된다. 우리는 저녁 늦게까지 등불을 피워놓은 채 원예의 달인이었던 별난 삼촌들과 2미터도 넘게 피어오른 초롱꽃 이야기에 홀딱 빠진다. 우리는 그렇게 환상을 함께 나눈다.

타샤는 사랑하는 것에 푹 빠지는 사람이라,
정원이 절정에 다다르면 집 구석구석에 꽃장식이 넘쳐난다.

April & Before

•

4월과 그전

봄을 여는 서막

"뒷문에는 눈이 쌓여 있고,
앞쪽에는 스노드롭이
꽃을 피우고 있어요."

타샤의 정원은 버몬트에서 가장 추운 곳에 있지만, 3월이 오면 희망이 넘치고 아직 봄이 아닌데도 봄이 시작된 분위기가 감돈다. 타샤에게는 이때가 가장 노력하는 기간이다. 지루한 겨울을 보내는 동안 타샤는 정원 때문에 안달이 난다. 진달래가 바람 피해를 받지 않게 하려고 늦겨울 내내 눈 걱정을 하며 보낸다. 이상하게 보일지 모르지만, 타샤의 작은 천국에 정점을 찍는 것은 바로 눈이다. 3월 초, 눈밭은 타샤가 원하는 데 비해 너무 얕거나 너무 깊다.

누가 먼저 전화를 걸든 우리가 통화를 할 때면 가족들의 안부가 몇 마디 오간 후 대화는 항상 눈 이야기로 이어진다. 타샤가 수화기를 귀에서 떼고 창밖을 내다보며 눈의 양을 가늠하는 모습이 눈에 선하다. "뒷문에는 아직 1미터쯤 되는 눈이 쌓여 있어요. 나가는 길을 만들려고 터널을 뚫어야 했지"라거나 "어제 눈이 녹기 시작하면서 어찌나 요란스런 소리가 났는지, 페글러 선장이 나랑 산 후 처음으로 욕설을 내뱉었다니까"라고 말한다. '페글러 선장'은 타샤가 어느 선원에게 산

3월에는 겨울의 텃세를 완전히 알아낼 수 없지만,
타샤는 코기들을 데리고 정원으로 나가 생명의 흔적을 살핀다.
밖에 오래 있을 때는 눈신을 신는다.
타샤는 길에 쌓인 눈을 치우지 않는다.
"에너지 낭비거든요. 대신 눈밭을 휘휘 걸어다니죠."

앵무새로, 온종일 그녀 같은 목소리로 "못된 개 같으니! 못된 개 같으니!"를 읊조린다. 다행히 타샤가 못 들을 때만 과거의 말버릇이 나오곤 한다.

타샤는 뒷문에 쌓인 눈을 과시하면서 녹을 줄 모른다고 걱정하는 체하지만, 사실은 염려하지 않는다. 오히려 눈이 적게 올 때 안절부절못한다. "눈이 너무 일찍 녹아버려서, 장미를 절반쯤 잃을까 걱정이에요." 한숨 소리가 난다. "지난여름에 핀 데이빗 오스틴 장미를 봐야 했는데. 둥근 분홍색 꽃잎에서 어찌나 짙은 향을 뿜어내던지. 땅에 비료를 뿌려주긴 했지만, 이런 날씨라면 어떻게 될지 아무도 모르는 지라…." 우리는 눈이 많다 적다, 오르락내리락한다는 이야기를 한참 한다. 친구들이란 원래 그렇지 않던가.

보통 해에는(하지만 타샤라면 곧 말을 바로잡을 것이다. 지난 10년간 날씨가 정상에 가까웠던 해는 없었노라고) 3월이면 눈이 현저하게 줄기 시작한다. 마침내 타샤는 촐랑촐랑 따라오는 코기들을 데리고 정원에 나가볼 수 있게 된다. 그때는 눈신을 신는다. 사실 타샤는 체중이 45킬로그램도 안 나가서 얼어붙은 눈밭에서 사뿐사뿐 걸을 수 있다. 하지만 망토 속에 속치마, 스커트, 숄, 스웨터, 재킷을 겹겹이 입어 무거워진 몸을 이끌고 걸으면서 막대기로 눈의 깊이를 잰다. 3월 초에 처음으로 꽃밭과 야생화 오솔길을 돌아보면서 타샤가 어떤 희망을 확인하는지는 하늘만이 아신다. 물론 꽃밭은 아직도 깊이 잠겨 있다. 하지만 그녀는 그런 나들이에서 늘 들뜬 얼굴로 돌아온다. 잠든 가지에서도 생명력을 읽을 수 있는 그녀이기에.

친구들은 3월 내내 타샤의 관심을 날씨에서 벗어나게 하려고 애를 쓴다. 눈이 많다고 또는 적다고, 기온이 낮다고, 옴짝달싹 못 한다고 쉼없이 염려하니까. 하지만 매일 배달되는 씨앗 상자들을 얼른 간수해야 되므로 그나마 다행이다. 씨앗과 구근들은 기나긴 이야깃감과 소일거리가 되어준다.

❦

깃털 달린 생물은 다 좋아하는 타샤는 단지로 찾아드는
새들에 관해 기록해둔다. 아들 탐은 화분으로 새집을 세웠다.
망토를 두른 타샤가 수탉을 안아 닭장으로 옮기고 있다.

정원 외곽에 서 있는 참나무는 탐이 주워온 도토리를 심어서
키운 것이다. 마침내 양지 바른 곳의 눈이 녹으면,
여린 구근의 싹이 땅을 뚫고 나온다.

정원사들은 성실한 견해를 자랑스러워하고, 타샤는 원예에 대해서는 유독 강하고 애착 많은 편견을 갖고 있다. 접시꽃과 팬지 같은 꽃을 좋아하는데 잡종은 내켜하지 않는다. 반드시 순종 접시꽃과 팬지여야 한다. 오렌지색과 보라색이 섞인 화려한 팬지 '졸리 조커'를 타샤 앞에 재치 없게 얼씬하는 사람이 있으면, 한바탕 싫은 소리를 듣게 된다.

겨울 저녁이면 타샤는 활활 타는 벽난로 앞에 앉아, 돋보기를 쓰고 씨앗 카탈로그와 원예 서적을 읽을 것이다. 영국에서 온 신간에서 분홍색 엔젤 트럼펫일명 천사의 나팔꽃 · 옮긴이을 보거나 잡지에서 어느 집안에서 물려 내려오는 패랭이꽃을 보면 '사냥'이 시작된다. 타샤는 찾기 힘들지만 반드시 손에 넣어야 되는 화초와 씨앗의 '수배 명단'을 갖고 있다. 이때가 튜더 집안의 수단과 매력과 결단력이 빛을 발하는 순간이다. 타샤가 씨앗 추적에 나서면 하늘도 땅도 감동할 것이다. 그녀와 씨앗 사이에 하늘과 땅이 있기만 하다면. 물론 그녀의 눈을 사로잡은 화초를 다 구하지는 못할 터다. 하지만 타샤가 애타게 바라는 종류를 얻지 못한다면, 그건 노력이 부족해서가 아니다. 그녀는 유럽 전역의 애호가들뿐 아니라 종자업자들에게도 주문한다. 국내외 친구들에게 애절한 마음을 담아 종자를 찾아줄 것을 부탁한다. 그녀가 여행을 다닐 때마다 조심스레 포장된 씨앗과 식물과 화기가 집으로 배달되곤 한다.

3월이면 씨앗이 마련되어 파종 준비가 끝난다. 마음에 드는 종류를 구하는 노력이 헛수고로 돌아가도, 그녀는 늘 '애그웨이'정원 관련

타샤는 저녁이면 벽난로 앞에 앉아 코기 새끼들을 무릎에 앉힌다.
온실에서 따온 동백꽃을 눈이 잘 닿는 곳에 놓아둔다.

용품 판매점들을 운영하는 회사명 · 옮긴이가 있다고 말한다. 거기서도 보석 같은 것들을 찾아내곤 한다. 타샤는 '애그웨이'에서 가장 향기롭고 색스런 스위트피를 구할 수 있다고 주장한다. 그녀의 정원에서 파랑, 분홍, 살구, 보랏빛이 뒤섞인 스위트피가 활짝 피면, 그 누구도 그 주장을 인정하지 않을 수 없게 된다.

하지만 타샤는 꽃송이가 피어날 희망만으로는 견디지 못할 것이다. 겨우내 언덕 위 작은 온실에서 그녀의 영혼이 풍성해지고, 그림을 그릴 꽃들이 자라난다. 타샤는 아무리 바빠도 매일 집과 온실을 잇는 미로를 오르내리며, 피어나는 꽃에 물을 준다. 타샤는 한겨울이면 내게 종종 말한다. "일러스트레이터가 안 됐다면 토바처럼 온실 재배인이 되었을 거예요." 단순히 나를 칭찬하는 말만은 아니지 싶다. 타샤는 온실의 화초를 두고 오래도록 법석을 떤다. 또 3월은 그 화초들이 가장 빛을 발하는 시기다.

온실에 있는 화초 중 타샤가 유독 좋아하는 것은 동백꽃이다. 그 섬세한 색과 극적인 움직임에 이끌려 타샤는 믿기 어려울 만치 탐스럽고 복슬대는 귀한 동백들을 모아놓았다. 제법 자란 관목들이 꼼지락대며 자리를 잡고, 반짝이는 잎이 달린 가지들은 온실 유리에 닿는다. 3월이면 타샤는 동백꽃이 담긴 바구니를 들고 집에 와서, 여러 개의 백랍 단지에 꽂고 또 꽂는다. 깊은 겨울, 복슬복슬한 꽃잎이 달린 꽃들은 수채화로 표현되고 싶어 하고, 타샤는 기쁜 마음으로 그런 바람을 들어준다. 보드라운 수술이 달린 동백은 화가에게 모델이 되어주지만, 더 향기롭고 귀한 애기동백은 온실에 남아 서늘한 공기 중에 향내를 뿜는다. 그리고는 온실 문을 열고 들어서는 타샤에게 색과 향을 흠뻑 선사해준다.

동백나무 밑에는 스트렙토카르푸스가 바다를 이루며, 분홍색과 라벤더 빛깔의 고운 나팔 모양을 자랑한다. 여기에 극적인 효과와 향을 강조하려고 키가 더 큰 페이퍼화이트수선화의 한 종류 · 옮긴이를 섞어 심는다.

✎ 3월이면 신중하게 조율한 동백꽃 풍경에 서늘한 기운을 좋아하는 아열대 식물들이 광채를 더한다. 여름에는 밖에서 지내게 하다 안으로 들여온 오렌지색 재스민에 가루 같은 크림빛 꽃송이가 피어 곳곳에 향내가 진동한다. 군자란 한 쌍에서 통통한 오렌지색 꽃봉오리가 올라오고, 카나리 섬 양골담초는 아니스미나리과 식물 · 옮긴이 향의 노란 꽃송이들에 파묻힌다. 무엇보다도 늙은 아카시아에 연노랑 꽃송이가 매달린다. 한쪽 구석의 나무 벤치에 놓인 색색의 앵초와 꽃을 피우는 제라늄은 여름이 오면 단지에 담길 준비를 한다. 군데군데 핀 로즈마리와 화분에 심은 허브들도 다시 정원으로 옮겨지기를 기다린다. 타샤가 좋아하는 연약한 꽃들이 많아지면서 일이 바빠진다. 그러나 타샤와 용기를 내서 타샤를 찾아오는 이들에게 3월은 온실 속 천국이다.

✎ 버몬트 주민들이 '진흙탕 계절'이라고 부르는 시기가 4월 초에 시작되면, 식물과 씨앗 소포를 배달하는 사람들이 타샤의 집으로 직접

타샤는 붉은 꽃잎이 너울대는 자포니카 동백을 좋아한다.
아이리스 모양뿐 아니라 장미 형태를 지닌 종류도 갖고 있다.
모두 가운데 가루 같은 노란 수술이 있다.

오지 못하게 된다. 비포장도로가 몇 킬로미터 이상 구불구불 이어져서, 날씨가 아주 좋을 때도 운전하기가 힘들다. 진흙탕 계절에는 그 길을 통과할 재간이 없다. 기나긴 4월 몇 주간 타샤는 완전히 고립된다.

배달원들이 겪는 일들은 타샤를 끝없이 불안하게 한다. 그녀는 친구들에게 전화해서 찾아오지 말라고 당부하고, 최근 택배사 직원이 겪은 일을 상세히 들려준다. 하지만 화초류의 배달이 늦어지는 것 말고는 4월에 산꼭대기에 갇히는 게 타샤에게는 아무렇지도 않다. 마침내 땅속을 헤쳐서 겨울에 꽃밭 부근이 얼마나 상했는지 점검해볼 수 있다. 마침내 나뭇가지와 솔방울을 비롯해서 여러 가지를 밖에서 주워와서, 이젤 앞에 당당하게 놓을 수 있다. 마침내 정원이 살아 있으며 다시 꽃을 피울 준비가 되었다는 확실하고 안심되는 증거를 얻는다.

진흙탕 계절 동안 타샤는 응접실의 개들이 흙발로 골동품 카펫을 밟지 않도록 응접실 카펫을 걷어낸다. 밖에 나갈 때면 무릎까지 올라오는 국방색 장화를 신는다. 장화를 신고 걸으면 철버덕 소리가 나면서 발자국이 생긴다. 그렇게 걸어 양동이를 들고 염소 우리에 가거나 손수레를 밀고 꽃밭 주위로 간다.

거의 매년 4월에도 거무죽죽한 눈이 남아 있지만, 빈터 여기저기서 구근 몇 개가 땅 위로 고개를 내민다. 눈이 빨리 녹는 언덕의 남쪽 기슭에 심어 놓은 구근들은 봄을 알리는 첫 전령이다. 아네모네, 사프

날씨가 궂어도 할 일이 많다. '아가씨들'(젖 짜는 염소)은
살림집에 연결된 헛간에서 산다. 동물들에게 사료를 주러 가는 길에
타샤는 구근의 싹이 나왔는지 살펴보고, 가끔은 고개를 내민
용감한 '글로리 오브 더 스노'를 발견하기도 한다.

란, 무릇백합과의 꽃·옮긴이, '글로리 오브 더 스노'가 자주 다니는 길에 솟아나서, 일을 하러 돌아다니던 타샤를 놀라게 한다. 봄이 깊어 더욱 짜릿한 일들이 벌어지면, 타샤는 조급한 손짓으로 '별것 아닌 구근들'로 취급할 것이다. 되돌아보면 그것들은 항상 그녀에게 큰 의미를 주지 않는 것 같다. 그러나 4월에는 그 구근들이 가장 중요한 대상이 되리라.

하찮은 구근들은 아무렇게나 뿌린 듯 흩어져 있지만, 일부러 집 주변 꽃밭은 피해서 뿌렸음을 알 수 있다. 구근들이 돌담 부근에 보이지 않는 것은 거기 자주 나타나는 다람쥐 떼를 물리치기 위해서다. 타샤는 들쥐나 생쥐를 심하게 거슬려 하지는 않지만 장난꾸러기 다람쥐들은 눈치껏 튤립 구근을 먹어대려 한다. 코기들은 쇼트브레드 과자 부스러기를 포식해서 다람쥐를 쫓는 데는 관심이 없는 듯하고. 또 타샤가 키우는 게으름쟁이 외눈 고양이 미누는 따뜻하고 푹신한 자리에서 조느라 사냥은 오래전에 접었고.

4월은 타샤를 유혹할 만큼 앵초가 풍성하긴 해도, 아직은 실내에서 자라는 화초들이 주를 이루는 달이다. 4월이면 타샤는 옮길 수 있는 식물은 뭐든 집 안으로 들고 가서, 창틀에 올려놓고 감상한다. 지하실 돌계단에는 페이퍼화이트, '테트아테트', '민노우' 수선화들과 튤립, 은방울꽃, 사프란을 심은 골동품 화분이 즐비하다. 이것들은 겨울이 짧고 온화하다고 속아 넘어간다.

타샤는 구근의 촉성 재배를 일찍 시작하지 않고, 완전히 겨울에 접어들어 정원이 다 마무리될 때까지 기다린다. 크리스마스가 지나고 부활절이 턱밑에 다가오면, 구근들이 꽃을 피우기 시작하고 지하실에서 올라오는 층계에서는 가능한 오래도록 드라마가 연출된다.

2주에 한 번씩 갈아주는 화분들이 한 아름 창틀에 놓인다. 타샤는 꽃이 피는 과정을 지켜보며 그 영광의 순간을 만끽한다. 집에서 냉한 곳인 직조실로 들어가는 움푹한 곳과 타샤의 침실에서는 봄꽃들이 몇 주간 광채를 뿜어내다가 꽃잎을 떨어뜨린다.

창틀에서 촉성 재배되는 것은 비단 구근만이 아니다. 타샤는 들판을 거닐고 야생화길을 내려가다가 꺾은 가지를 촉성 재배시켜 꽃망울을 틔운다. 성장을 촉진시킨 자작나무 가지는 튜더 집안에서 전통적으로 부활절 달걀 장식품을 거는 받침대로 쓰인다. 늦겨울에 가지를 잘라 끝을 숯과 물을 넣은 단지에 담가두면, 부활절 무렵에는 가지가 예쁜 초록색으로 변한다. 타샤의 정원에 개나리는 없다. 그녀는

타샤는 꽃피는 돌능금나무 밑에는 사프란을 심지 않았다고 주장한다.
사프란이 구근을 다른 데서 옮겨와 멋진 일을 해낸 들쥐들의
솜씨("아니면 다람쥐일지 누가 알겠어요.")라는 것이다.
하지만 들쥐 떼의 배설물 때문에 봄이면 타샤는 이웃들과
몇 트럭 분량의 배설물을 놓고 협상을 벌인다.

"너무 교외 주택단지의 분위기를 풍겨서 내 정원에는 어울리지 않아요"라고 새침을 떨곤 한다. 4월이면 친구들은 촉성 재배시킬 가지를 가져온다. 그녀는 다채로운 나뭇가지를 진심으로 기꺼워한다.

나 또한 해마다 빠짐없이 우리 뒷마당에 있는 12미터쯤 자란 덤불에서 꺾은 길고 보드라운 갯버들 가지를 타샤에게 보낸다. 작년 타

샤는 그 어린 가지들이 관목 묘상에서 뿌리를 내렸다고 전해주었다. 그러면서 한마디 덧붙였다. “하지만 내 가지들이 토바의 나무처럼 높이 자라게 할 마음은 없어요.”

4월에는 촉성 재배한 구근과 가지가 타샤의 마음을 사로잡는다. 하지만 그중에서도 앵초는 가장 뜨거운 열정의 대상이다. 타샤는 ‘웨일스 코기 리그’와 ‘앵초 협회’, 두 군데만 회원으로 가입되어 있다. 회의에는 거의 못 나가지만, 회원 신분은 계속 유지하면서 종자 목록을 받는다. 가을이면 그녀는 엄청난 양의 바구니를 쌓아놓고, 앵초 씨앗을 뿌린다. 고운 흙에 씨앗을 가볍게 뿌리고는, 바구니를 밑에서부터 물에 흠뻑 적셔 뒷문 옆 포도덩굴 밑에 넣어둔다. 바구니에 뚜껑을 덮고서 “그다음에는 봄이 올 때까지 까맣게 잊고 있으면, 무럭무럭 싹트기 시작해요”라고 말한다.

늘 그렇듯 타샤는 앵초에 대해 확고한 의견을 피력한다. “‘퍼시픽 자이언트’는 너무 화려하다고 생각하지 않아요?” 그녀는 색깔이 짙은 ‘반헤이번’ 종류와 커다랗게 꽃송이를 이루지 않고 잎 사이에 꽃송이가 각각 멋대로 피는 ‘줄리아나’ 교배종을 좋아한다. 하지만 다른 종류를 구하려고 몇 시간 거리의 길도 마다 않는다.

오래전 처음 그녀를 찾아갈 때, 난 눈이 휘둥그레질 정도로 짙은 포도주 빛 ‘코위찬’ 앵초를 가져갔다. 마찬가지로 앵초 애호가인 크리

타샤는 내가 보낸 프랑스 갯버들을 식기실 창가에 두고,
앵무새 '페글러 선장'과 함께 갯버들이 크는 모습을 본다.
"허브의 꺾꽂이용 가지를 버드나무 줄기와 함께
유리에서 뿌리내려봤어요? 뿌리를 얼마나 잘 내리는지 몰라요."

스티안 펜더슨에게 얻은 종류였다. 덕분에 당장 타샤와 친구가 됐다고 믿는다. 타샤는 앵초를 마치 금덩어리나 되는 듯이 애지중지했고, 해마다 봄이 되면 그 앵초가 어떤 모습인지 알려주었다.

'오리쿨라' 앵초 역시 그녀가 좋아하는 종이다. '내 자랑 오리쿨라'라 부른다. 그냥 자랑 정도가 아니다. 타샤는 노란색과 회색이 섞인 오리쿨라를 보며 어쩔줄 몰라 한다. "토바가 오래전에 갖다 준 것처럼 가운데 보슬보슬한 꽃가루가 있는 것들이죠. 그런 것을 또 찾게 되면, 내 생일이 8월이라는 걸 기억해주기 바라요." 타샤는 그렇게 말했다. 농담만은 아니었다.

봄에 나무 옆에서 고개를 내밀어 경이로움을 자아내는
스노드롭 같은 꽃들은 4월이면 애정을 받고 그림의 모델이 된다.
타샤의 침실에 있는 앵초 화분들은 해의 움직임을 쫓아 집 안 여기저기로 옮겨진다.
타샤는 "아침마다 코기, 앵초와 같이 잠에서 깨지요"라고 말한다.

타샤는 부엽토와 염소 배설물 비료를 골동품 테라코타 화분에 담고 앵초를 심는다. 영국에 갔다가 구해온 화분들이다. 타샤는 오래된 테라코타 화분을 잘 안다. 무엇보다 원하는 바, 즉 깊이나 높이, 그리고 중심에 꽃이 튀어나올 모양새를 정확히 안다. 당연히 각각의 식물에 각기 다른 화분을 사용한다. 앵초는 테두리가 없는 키 큰 화분에 담는다. 지름은 10센티미터쯤 되어야 한다. 타샤는 유서 깊은 영국의 저택에 가서, 쌓여 있는 화분을 보고는 수석 정원사를 붙들고 이야기를 해서 눈 깜짝할 사이에 화분 3, 40개를 포장하게 만든다. 그녀는 터무니없다는 어조로 "어떤 것도 50센트 이상은 안 주지요"라고 덧붙인다. 가격을 흥정할 때는 늘 그런 태도다.

타샤는 4월 초에 고립되는 것을 개의치 않는다. 하지만 4월 말이

타샤는 모은 화초류만큼이나 화분도 자랑스러워한다.
온갖 크기와 깊이의 화분들이 있어 각각의 꽃에 알맞게 쓰인다.
타샤는 흙을 손에 묻혀가면서 심은 엄청나게 많은 바이올렛과
앵초 화분들을 실내로 옮기느라 진땀을 흘린다.

되면, 진흙과 가랑비와 잿빛 풍경에 조바심을 낸다. 그녀는 짜증스런 목소리로 투덜댄다. "마크 트웨인이 뭐랬는지 알잖아요. 뉴잉글랜드 지방은 아홉 달은 겨울이고, 석 달은 썰매 타기에 나쁜 날씨라고 했거든." 그리고는 장화를 신고, 털스웨터를 몇 겹 껴입고 그 위에 숄을 두르고 밖으로 나간다. 그녀는 뿌리 덮개이식한 나무뿌리를 보호하는 짚과 나뭇잎 등의 혼합물·옮긴이의 아래를 살피고, 싹을 틔운 구근에 닿지 않게 소나무 가지를 치운다.

May

•

5월

정원, 깨어나다

"나는 꽃이 무리지어 피어야 된다고
믿기 때문에 튤립 구근을
놀랄 만큼 많이 심는답니다."

타샤가 이른 봄에 뿌리 덮개를 들춰보기는 해도, 실제로 덮개를 치우는 것은 5월이나 되어서다. 지난 11월에 조심스레 뿌려둔 잔가지와 낙엽더미를 긁어서 치우면, 어린 가지와 덤불이 모습을 드러낸다. 버몬트의 정원이 얼마나 빠르게 갈색에서 아름다운 신록으로 변하는지 지켜보는 것은 실로 놀라운 일이며 마음의 위로마저 된다.

타샤가 촘촘히 화초를 심은 꽃밭에는 곧 꽃이 만발한다. 5월 초가 되면 빛나는 정원을 뽐낼 수 있고, 실제로 타샤는 자랑을 한다. "으스대서는 안 되겠지만, 우리 수선화를 꼭 봐야 해요." 그녀는 아직 봄에 와보지 않은 사람들에게 그렇게 말한다. 혹은 간단히 그린 튤립이나 수선화 옆에 "겸손하지 않다는 것은 알지만, 우리 튤립을 꼭 봐야 해요. 올해는 어느 해보다 대단해요"라는 유혹적인 메모를 적어 보내기도 한다. 봄에 가보면 타샤의 감질나는 설명은 턱도 안 닿을 만큼 정원은 아름답다. 그녀가 으스대는 것이 전혀 아님을 알 수 있다.

5월은 그녀가 다락에 고이 모셔둔 골동품 드레스들처럼 프릴과 레이스 모양으로 시작된다. 그러다 풍경이 바뀌면서 화사한 꽃봉오리들이 초록색 화초를 꾸민다. 그때부터 상황이 빠른 속도로 변해 타샤는 변화를 따라잡으려고 숨차게 움직인다. 그녀가 그림을 미뤄두고 모든 시간과 정성을 정원에만 쏟는 한 달이 있다면 바로 5월이다.

물론 5월의 꽃들은 지난가을에 미리 계획하고 심은 것들이다. 지

난가을 타샤는 춥고 우울한 날씨 속에서 엄청난 양의 구근을 땅에 뿌렸고, 계획대로 꾸밈새가 좋아진 것 외에는 올봄에 개선될 구석도 없다. 그러나 원예가들이야 늘 기대에 부푸는 법, 타샤는 노력의 열매를 감상하느라 한순간도 낭비하지 않고 계속 움직인다. 남은 봄 동안 소망했던 풍경을 보려면, 5월에 어마어마한 준비를 해야 한다.

5월에는 정원만 다시 태어나는 게 아니다. 헛간 안마당도 분주해진다. 어린 염소 새끼들은 늘어진 귀를 출렁대면서 풀밭을 짓밟고, 나무 그루터기에 올라가 산의 왕 노릇을 한다. 한편 닭장에는 작은 병아리 떼가 종종대며 어미 닭들을 쫓아다닌다. 정원사들은 화초뿐 아니라 가금류에도 관심이 많은 듯싶다. 타샤는 깃털 달린 동물을 귀여워한다. 늘 밴텀닭과 뿔닭을 키운다.

한번은 불청객을 쫓으려 거위 떼를 키웠는데, 앵초를 짓밟고 수련을 못 쓰게 만들자 없애버렸다. 요즘은 흰 공작비둘기 떼가 뒷문 위쪽의 새집에 산다. 비둘기들은 시간마다 침실 창문 앞을 오가며 유리에 비친 제 모습에 찬탄한다. 닭장에는 '밀 플레어'와 알을 많이 낳는 코친 밴텀닭이 있다. 알이 워낙 작아 보통 계란의 절반밖에 안 되지만, 타샤의 여름 샐러드 재료가 된다.

프랑스 '파베롤'을 비롯한 희귀한 종들은 멀리 떨어진 부화장에 안 보낼 수가 없어서, 그때는 병아리들이 타샤를 독차지한다. 다들 하루 1, 2분씩 일을 보러 닭장에 들어가지만 타샤는 다르다. 그녀는 병아리들을 적외선 등 밑에서 키우는 데 반대한다. 추운 밤이면 병아리들은 뜨거운 물이 담긴 오지그릇으로 몸을 따뜻하게 하는 호사를 누린다. 타샤는 수건으로 감싼 그릇에 더운 물을 자주 갈아준다. 병아리 떼가 나들이를 하는 도중 빗방울이 떨어지면, 타샤는 달려 나가 앞치마에 병아리들을 담아 안으로 데려가서, 젖은 몸을 말려준다. 병아리들은 정원의 땅벌레를 먹어치우고, 땅을 파서 잡초를 솎아내는 것으로 보답한다. 말할 것도 없이 '그 녀석들'은 사방에 새싹이 돋아나는

오솔길들을 걸어봐야 한다. 이 길에는 물망초와 수선화가 피어 있다.
길가에서 큼직한 금낭화가 기다린다.

봄이 되면 꽃밭 근처에 얼씬도 못 한다. 집 앞에 줄지어 피는 앵초를 보호하려고, 타샤의 손자인 윈슬로는 몇 년마다 묘목 수백 그루를 모아서 욋가지 울타리를 엮는다. 타샤가 어렸을 때 그녀의 할머니가 그랬듯, 윈슬로는 못을 쓰지 않는다.

5월의 프리마돈나는 새들과 구근 화초들이다. 그녀는 구근을 단 몇 개가 아닌 수천 개씩 심는다. “풍성하게 피어야 하니까요.” 우리가 못 알아차린다는 듯 타샤는 그렇게 말하곤 한다. 봄에는 수선화를 비롯한 구근 화초들이 한 아름씩 피어 산들바람에 너울대야 한다는 게 타샤의 철학이다.

구근을 구입할 때 타샤는 백 개 이상씩 주문하고(“놀랄 만큼 많이 주문하지요”라고 단호한 투로 말한다), 이미 멋진 꽃밭에 가을마다 몇 백 개씩 구근을 더 심는다. 오래전 그녀는 ‘화이트 플라워 농장’에서 ‘더 워크스’라는 수선화 구근 몇 가지를 구입하기 시작했다(최근 그곳의 팸플릿에는 ‘더 워크스’가 활짝 핀 타샤의 헛간 옆 사진이 나와 있다). 우울한 가을날 도로 사정이 최악인데도 구근이 배달되자, 타샤는 구근 2천 개가 든 상자를 손수레에 싣고 꽃밭에 내려가서, 평소처럼 가지를 늘어뜨린 돌능금 사과나무들 밑으로 갔다.

돌능금나무 아래 수선화가 무리지어 피어서,
타샤는 쉽게 꽃다발을 만들 수 있다. 이 수선화가 '더 워크스'다.
뒤의 초상화는 타샤의 손녀인 루이스 튜더의 여덟 살 때 모습.

20센티미터 깊이로 구멍들을 파고, 바닥에 비료를 뿌린 후 구근을 열두어 개씩 뿌렸다. 해마다 늦가을이면 한가할 때 도움을 주고 타샤의 한여름 잔치 때 웨일스 민요도 불러주는 이웃 스티브 데이비가 낫을 들고 와서 수선화밭 근처의 풀을 척척 베어낸다. 매해 수선화가 늘어나서, 결국 아래 꽃밭이 노란색과 흰색의 뜨거운 광시곡처럼 변해버렸다.

타샤 정원의 으뜸은 반복이다. 수선화 무리가 테라스의 여기저기 무리지어 피어 있다. '더 워크스'와는 달리 이것들의 유래는 타샤가 잘 안다. 그녀는 수선화를 손짓해가면서, 카나리아처럼 노란 '킹 알프레드'와 늦게 꽃을 피우는 겹꽃인 '치어풀', 향기가 그윽한 '종킬라 수선', 앙증맞은 '민노우'나 '테트아테트'의 사연을 말하곤 한다. 아끼던 아이리시 울프하운드아일랜드산 이리 사냥개 · 옮긴이 종인 우나가 죽자 슬픈 마음으로 무덤 위에 '아이리시 문'을 심었고, 그 후 매년 거기 수선화가 핀다.

그러나 무엇보다 타샤가 자랑스러워하는 수선화는 어머니가 키우던 입술연지수선(시인의 수선화라고도 불린다)이다. 타샤는 가장 오래된 종류인 입술연지수선을 이사할 때마다 파서 옮겼다. 입술연지수선은 꽃봉오리를 감싸고 있는 단이 저절로 떼어지지 않아 수작업을 해야 하지만, 타샤는 꽃이 망가지지 않도록 참을성 있게 손질한다.

타샤는 무리지어 피는 수선화를 좋아한다. 덕분에 수선화가 지천이라, 고민 없이 척척 잘라 집 안에 들여놓을 수 있다. 하지만 튤립은 수명이 짧아서 더 귀하다. 타샤는 정원에 핀 튤립의 모습보다 화병에 담긴 튤립의 모양새를 더 좋아한다. 그래서 대부분의 튤립은

집안 구석구석에 꽃장식이 넘친다.
타샤가 되새류를 위해서 꽂은 꽃.

일찌감치 베어져 꽃다발로 묶인다. 정원의 튤립들이 색을 맞춰서 신중히 배치됐음은 말할 것도 없다.

튤립도 수선화처럼 풍성하게 심지만, 주로 돌담에서 멀찍이 떨어진 위쪽 꽃밭의 가장자리에 구근을 뿌린다. 욕심 많은 다람쥐를 피하려는 목적도 일부 있다. 동물들은 수선화 구근은 감히 먹을 엄두도 못 낸다. 식탐 많은 염소들조차 그렇다. 하지만 조류들은 튤립 구

근을 보면 결코 참지를 못한다. 튤립은 빨리 지는 특성이 있고, 특히 봄비가 내리면 꽃잎이 벌어지기에, 타샤는 은은한 파스텔 색조의 단단한 종류를 선호한다. 그녀는 아름다운 꽃을 최대한 오래 볼 수 있게 종류를 분별해서 배치해 심는다. 먼저 분홍색이 도는 연어색 '뷰티 퀸'과 가장 흐린 연어색인 '애프리콧 뷰티'가 있고, '피어리스 핑크'와 '엘리자베스 아덴', 파릇파릇한 빛이 감도는 분홍색 '다윈' 튤립이 뒤

친구들, 특히 어린 친구들이 오면 타샤는 다락방으로 사라졌다가,
맞을 만한 골동품 드레스를 들고 나타난다.
봄에 튤립 화병이 환상을 더해준다.

를 잇는다. 나중에는 파란색 '라파예트'와 노르스름한 '미시즈 존 티 스키퍼스'가 나오고, 그것과 어울리는 노란색 알리섬과 늦은 수선화가 아래쪽에 핀다.

신종 '다년생 튤립'을 심고 싶은 유혹을 느끼지 않느냐고 물으면 타샤는 못마땅하게 혀를 차면서 손을 젓는다. "우리 튤립들은 7년 이상 계속 꽃을 피우는걸요. 물론 해가 지날수록 꽃송이가 훨씬 작아지지만 아름답기는 매한가지인걸요." 그녀는 신종 '다년생'들은 '애프리콧 뷰티'("얼마 전 구근 2백 개를 더 주문했어요.")나 '엘리자베스 아덴'의 섬세한 맛이 없다고 믿는다. 그녀의 견해가 옳을 것이다.

화가인 타샤에게 색감은 가장 중요한 요소다. 5월 꽃밭마다 조금씩 다른 색조가 비경을 이룬다. 새벽녘의 분홍빛, 연보라색, 라벤더빛, 연노란색(화려한 금빛 또는 노랑이 아닌), 그 옆으로 레이스 같은 흰색… 각각의 색이 아무렇게나 흩어졌다 다시 반복되는 것 같지만, 타샤의 정원에서 아무렇게나 이루어진 것은 하나도 없다. 현관의 세탁통 옆에 핀, 잎이 골든 홉 같은 덩굴이나 고광나무처럼 새 잎이 돋은 관목이 세공 장식처럼 꽃들을 돋보이게 한다. 보드랍고 운율감이 깃든 정취, 머리를 핑핑 돌게 하는

돌능금나무들에서 멀지 않은 곳에 금낭화가
예쁜 이파리와 꽃망울을 피우고 있다.

게 아니라 오감과 지각을 간질이는 풍경이다.

색의 향연이 펼쳐지는 정원에서 금낭화도 큰 몫을 한다. 타샤는 금낭화 자랑이 대단하고, 사실 그럴 만하다. 오솔길에서 달랑달랑 매달린 금낭화를 본 손님이라면 누구나 부러워하니까. 한창일 때의 금낭화는 키가 1미터 20센티미터쯤 되고 둘레도 그만해서, 엄청난 꽃송이를 선사한다. 흔한 분홍색 꽃송이가 무시무시

하리만치 풍성할 뿐 아니라, 희귀한 순백의 금낭화 역시 활기차다. 그 풍성함이 눈을 끌기도 하지만, 정작 날 당황하게 하는 것은 타샤의 금낭화가 한철 내내 그칠 새 없이 핀다는 점이다. 8월 중순에도 금낭화는 고개를 숙이지 않는다. 다른 꽃들은 처음의 힘을 잃는데, 금낭화만은 여전히 찬사 받을 만큼 당당하다. 타샤도 그런 현상을 설명하지 못한다. 그저 겸손하게 "여기가 좋은가 보죠"라고만 말할 뿐.

보드라운 연어색 튤립을 제외하면, 타샤의 정원에서 오렌지색은 찾아보기 어렵다. 다만 온실 모퉁이, 바닥을 돋운 꽃밭에 줄지어 핀 왕관초는 예외다. 삐죽 자란 몸통에 고개 숙인 오렌지빛 꽃송이들이 달려 있다. 이 독특한 식물은 극도로 약하지만, 타샤는 꽃이 절정기에 다다를 때까지 잘 간수한다. "멍청한 것들이 해마다 너무 일찍 나와서, 늦서리에 약한 싹이 얼어버린다니까요. 다음 날 아침에는 가엾게 축 처져 있지만, 정오쯤 되어 다시 반듯해지는 걸 보면 추위에도 끄떡없나 봐요." 타샤는 내가 부러워 죽는다는 걸 알면서도 아무렇지도 않게 말한다. 코네티컷에서 내가 키우는 왕관초는 일찌감치 싹이

봄에는 바이올렛, 알리섬, 물망초, '애프리콧 뷰티' 튤립,
돌능금나무가 화사하게 피어 색의 향연을 이룬다.

타샤의 왕관초는 그녀가 정원에 들여놓은 얼마 안 되는 오렌지색 꽃이다.
하지만 팬지의 경우, 요즘 유행인 오렌지와 보라색이 섞인 '졸리 조커'는
발을 들이지 못한다. 타샤는 원숭이 얼굴 모양의 팬지 종류를 더 좋아한다.

나서는 꼬이다가 죽어버린다.

왕관초는 야한 색상 때문에 어울리지 않는 것 같지만, 원예가 타샤에 대해 많은 것을 말해준다. 그녀는 늘 도전 의식에 끌린다. 별별 것을 다 시도해봤을 터다. 나중에 어울리지 않거나 지루하거나 비생산적이라고 버려지는 화초도 있다. 어떤 것들은 내력을 지녔거나 시골집과 잘 어울리거나 아름다워서 남게 된다. 그중에는 다른 원예가

들이 키우기 어렵거나 못 키운 재배종을 타샤가 키워낸 것도 있다.

그녀가 뽐낼 만한 몇 가지 화초를 즐기기는 해도, 가장 좋아하는 것들은 따로 있다. 주로 무리지어 피어서 환영을 받는 것들이다. 물망초와 제비꽃은 꽃밭 가장자리에 자유롭게 피어 있다. 타샤는 '제비꽃'보다는 어머니가 부르던 이름인 '숙녀의 기쁨'으로 부르기를 더 좋아해서, 내가 그렇게 부르지 않으면 혀를 차면서 고쳐준다. 그녀는 이런 야생화들을 남성이 아니라 여성으로 본다. 내가 유독 멋진 데가 있는 장난꾸러기 같은 꽃을 지적하면, 타샤는 고개를 끄덕이며 맞장구친다. "그렇네. 요 아가씨, 얼굴이 예쁘장하네." 유해한 잡초만 남성적이

타샤는 제비꽃을 '조니 점프 업'이나 '숙녀의 기쁨' 같은 이름으로 부른다.
"십 대 시절부터 지금까지 어딜 가나 갖고 다녔지요. 원래는 스코틀랜드에서
왔을 거예요." 이 꽃들은 그녀가 아끼는 물망초와 기막히게 어울린다.

라는 게 그녀의 견해다.

숙녀의 기쁨(다른 이들이 그 이름을 뭐라 부르든)과 물망초를 잡초 같다고 무시하는 원예가들도 있지만 타샤는 다르다. 그녀에게 선심을 쓴답시고 테라스에서 풀을 뽑다가는 큰일난다. 타샤는 '숙녀의 기쁨'과 물망초를 골라낸다고 주장하지만, 내가 보기에 그런 야생화에는 손도 대지 않는다. 그 꽃들은 그대로 남아 있다(아마 격려도 받을 것이다). 오솔길에는 성난 보라색 바다처럼 물망초가 깔려 있고, 제비꽃은 여기저기 지천으로 피어, 키 큰 다년생 화초들의 발목을 장식한다. 원예가들은 누구나 짙은 보라색 제비꽃을 탐낸다. 하지만 타샤는 천사 뺨 같은 꽃잎에 콧수염이 있는 연보라와 노랑이 섞인 변종 제비꽃을 키운다. 그 색조는 물망초와 꼭 맞아떨어져서, 꽃밭의 2인조를 이룬다.

하지만 그게 다가 아니다. 5월 말, 돌계단 옆과 응접실 창 아래서 향기를 풍기는 라일락나무가 연보랏빛 천지를 만든다. 라일락이 몇 종류 있다. 현관 옆, 정원을 향해 서서 향기를 내뿜는 '프레지던트 링컨'에 핀 보라색 꽃송이는 나뭇잎 사이에 숨어 있다. 몇 발자국 떨어져, 겹꽃을 피우는 '미스 엘렌 윌못'이 흰 구름 같은 꽃송이로 응접실

테라스의 돌들은 협죽초 아래로 반쯤 가리고, 레몬빛 금매화가 사방에 피어난다.

의 해를 가린다. 닭장 옆에서는 거대하고 파란 라일락나무가 향기를 내뿜는다. 타샤는 나무의 이름을 기억하지 못하지만, 특히 향이 진한 수종을 찾아다녔다고 한다. 닭장 근처이니 그럴 만도 하지. 또 반원 모양으로 선 진보라색 라일락나무들은 가지가 서로 엉켜서, 현관문 옆에 있는 비밀의 화원을 에워싸고 있다.

라일락이 보라색의 합창에 힘을 더하긴 해도, 그 모든 정경을 아우르는 스타는 단연 돌능금나무들이다. 가까운 친구이자 저명한 원예가로 스미스 대학의 식물학 교수였던 도카스 브릭엄에게 영향을 받아, 타샤는 테라스 하단과 정원의 몇 군데에 아름다운 돌능금나무들을 심었다. "달빛이 쏟아질 때, 내 침실 창으로 돌능금나무들을 내려다봐야 하는데." 타샤는 먼 곳을 응시하며 그렇게 말하곤 한다. 개화 시기와 꽃 색깔이 다른 돌능금나무를 열두 종류 넘게 심어놓았다. 그녀가 가장 아끼는 수종은 '레드 제이드', '화이트 위퍼', '말루스 사르겐티'이고 특히 '베크텔'을 좋아한다. 타샤는 "아, 그 아가씨는 부르봉 장미처럼 늦게 꽃을 피우는데, 손님들 모두 탐내지요"라고 말한다.

돌능금나무는 별로 보살필 게 없다. 나무는 치마폭을 넓게 펼쳐 재주를 부리는 것 같다. 그런데도 타샤는 안절부절못한다. "전지에 대해 더 알면 좋을 텐데. 그냥 튀어나온 것들을 잘라내거든요. 돌능금나무들을 더 보기 좋게 할 수 있으련만." 1, 2주일 지나자, 그녀는 루

5월이 되면 타샤는 종종 헛간으로 달려가서 염소 새끼들을 보살핀다.

이스 힐이 쓴 책을 찾았다고 말한다. "그는 북동부 왕국에 살아서 끔찍한 날씨에 대해 잘 알아요. 그 책을 베개 밑에 넣어두고 매일 밤 읽지요. 내년 1월이면 돌능금나무들을 제대로 가지치기할 수 있을 거예요." 붉은 망토에 눈신을 신고 전지용 가위를 든 채 어느 가지를 자를지 척척 계산해내는 타샤가 훤히 그려진다.

하지만 5월의 돌능금나무는 손볼 필요가 없는 모양이다. 정말 눈요깃감이 될 만하다. 타샤는 꽃피는 나무와 관목을 손보기 좋아하고, 처진 가지 밑에 어울리는 색감으로 꽃밭을 꾸민다. 또 나무 밑에 좋은 대조를 이루는 모양의 꽃을 심기도 한다. 화가다운 솜씨가 어디서나 드러난다. 붉은 돌능금나무 주변에는 슬며시 고개 드는 협죽과 예쁜 노란장대, 향기 짙은 고광나무, 순백의 금낭화가 피어 있다. 타샤는 이런 솜씨를 쉽게 뽐내지 않는다. 그녀는 꽃피는 돌능금나무나 물망초가 올망졸망 피어난 라일락 울타리를 보라고 부추기지도 않는다. 그런데도 발을 들여놓는 사람은 숨이 멎어버린다. 그 찬란함이라니.

타샤는 꽃잎을 찬찬히 살피면서 말한다. "이 돌능금나무가
정확히 무슨 종인지 잊어버렸어요. 허프헨시스일 거예요, 아마도."
옆쪽 돌담에 나래지치가 피어 있다. 염소는 날씨 때문에 식욕이 없을 때면
곧 나래지치 이파리로 배를 채운다.

June

•

6월

지천으로 핀 꽃

"난 꽃꽂이를 제대로 못해요.

내가 꽂은 꽃은 자라죠.

정원처럼요."

🌿 정원의 중심이 돌 테라스 같지만, 실은 곳곳에 여러 종류의 정원이 많이 있다. 사실 타샤는 늘 독창적인 개선을 꿈꾼다. 이걸 없애고, 저걸 거기 심고, 어떤 것을 왼쪽이나 오른쪽으로 옮기고. 그렇게 새로운 정원이 꾸준히 생겨난다. 계절마다 움푹 들어간 곳을 꾸밀 계획들이 세워진다. 타샤는 찬 서리를 맞기 직전에 관목을 흙으로 덮는다든가, 꽃 심을 시기가 지나 화초가 도착하는 바람에 곡괭이로 땅을 판 일을 수없이 겪었다. 그녀는 이리저리 손대기를 좋아해서, 장미를 반쯤 파내서 전보다 더 빛나 보일 만한 곳으로 옮겨 심는다. 또 조경 과정을 기록해서, 엉뚱한 시도를 단번에 잠재운다. 하지만 타샤가 가장 즐기는 여가는 딱히 어디까지랄 것도 없는 화려한 오솔길을 조성하는 일인 듯싶다. 오솔길을 꾸밀 아이디어가 먼저 떠오르면, 어디까지 길을 만들지 정해지는 것 같다.

물론 오솔길들은 사교적으로 중요한 구실을 한다. 타샤는 부엌에서 비스킷이나 옥수수빵을 굽느라 부산을 떨 때면 손님들을 산책길로 내보낸다. 그녀는 아무도 토를 달지 못할 어조로 말한다. "나가서 정원을 둘러봐요. 그 사이에 난 먹을 걸 준비할 테니. 저 오솔길로 내려가면 백합 연못이 있어요. 한낮이니 꽃이 벌어지는 걸 볼지도 모르겠네요. 연못의 물이 얕으면 나한테 알려줘요." 그러면 손님은 구불구불한 오솔길들 중 한 곳을 내려가게 된다. 더할 나위 없이 황홀한

길이고, 여기저기서 전에 가보지 못한 구석들이 나타나면서 길을 잃고 만다. 계속 헤매느라 집까지 가는 길을 찾지 못한다. 부엌에서 빵 굽는 구수한 냄새가 나지 않는다면 영영 헤맬 것이다.

타샤는 인정하지 않지만, 정원들을 서로 연결해주는 오솔길들도 테마를 정해 꾸미는 것 같다. 백합 연못까지 아주 느긋하게 이어지는 길(특히 이 오솔길은 단지에서 가장 길다. 옥수수빵을 구울 때면 손님들을 그 길로 보내는 눈치다)은 야생화 길이다. 비밀의 정원도 있어서 잠깐이지만 유혹적인 물망초가 줄지어 핀 길이 나 있다. 온실에서 언덕으로 내려가는 길은 진달래의 구름 속으로 사라진다. 염소 우리로 내려가는 길, 이웃으로 이어지는 길, 초원으로 나가는 길 등등, 사실 단지 어디에나 샛길과 옆길, 순환길이 있지만 타샤가 유독 좋아하는 산책길들이 있고 그 길들을 공들여 꽃으로 장식해놓았다.

오솔길들이 다 숲으로의 멋진 나들이길 이외에 분명한 역할이 있는 것은 아니다. 예컨대 진달래길은 아무 데로도 이어지지 않는다. 초입은 거창한데, 소나무가 쓰러진 부분에서 길이 막히면서 빙 돌아 나오게 되어 있다. 타샤는 나무숲과 야생화 핀 빈터에 가볼 만하며 말로 듣기보다 한번 가보는 것이 좋다고 권한다. 물론 진달래 외에도 매력적인 것들이 많다. 6월의 숲을 자세히 보면, 진달래가 흐드러지게 필 무렵에 타샤가 감추어둔 참개불알꽃 난초를 볼 수 있을 것이다. 그녀는 "작년에는 서른 대였어요"라고 자랑한다. 원래 참개불알꽃은 단지 전체에 흩어져 있어서, 사람들이 잘 구경하지 못했다. 그러자 타샤가 진달래길에서 보이는 깊고 가벼운 토양에 몇 대를 옮겨 심어서, 관찰력이 깊은 사람은 볼 수 있게 되었다. 하지만 통행이 많은 길에서는 비껴서 자라난다. 숲에 우거진 솔송나무와 소나무가 그늘을 드리우고 적절한 산도를 유지시키고 난초의 뿌리에 생존에 필요한 균근균류와 고등 식물 뿌리와의 공생체 · 옮긴이을 공급한다.

참개불알꽃은 새 자리가 흡족할 것이다. 정말로 행복한 듯 잘 늘어나고 있다. 반은 자연주의자요 반은 원예가인 타샤는 야생화들의

타샤는 부엌일이 바쁠 때면 손님들을 파스텔빛 진달래 꽃밭으로 내보낸다.
멀지 않은 곳에 흐드러진 진달래 무리가 있고 벌들이 분주하게 날아다닌다.

엑스버리 진달래는 새로 심은 꽃이다.
그 품종을 심기 오래 전, 타샤는 꽃이 피는 관목들을 심었다.
"이곳에서 맞은 첫 봄, 진달래와 벌통 세 개를 날랐어요.
진달래나 꿀 없이 어떻게 살겠어요, 안 그래요?"

과정을 지켜보는 데서 큰 기쁨을 얻는다. 그녀는 계절마다 결산 내역을 자랑스레 발표하곤 한다. 어느 해에는 난초 스물다섯 대, 다음 해에는 서른 대 등등. 타샤는 자연을 있는 그대로 사랑해서, 30만 평이나 되는 단지가 완전히 야생의 상태로 남겨져 있다. 하지만 집 가까운 곳에선 의도적으로 아름답고 기발한 정경이 펼쳐지기를 좋아한다. 자연을 도구 삼아 연출하는 것을 즐긴다.

타샤 튜더가 아무 진달래류나 단지에 들여놓으리란 기대는 안 하는 게 좋다. 물론 산책로에 줄지어 핀 진달래류는 최고 혈통인 '엑스버리' 변종이다. 그런데도 나무 몇 그루는 뻔뻔하게 '흉측한 색깔'이라며 파내서 멀찍이 옮겨버렸다. 타샤가 말하는 '흉측한 색깔'이란 진달래류에서는 흔한 자홍색 같은 강렬한 색상을 뜻한다. 어떤 이들은 그 독특한 색조를 '수령초색'이라 말하지만, 타샤에게는 어림도 없다. 수령초는 그녀가 좋아하는 꽃(물론 더 우아한 색감의 변종들)이어서, 그 꽃을 낮춰 보는 말은 용납하지 않는다. 당연히 자홍색 진달래더러 수령초색이라 부르는 것을 못 참는다.

타샤가 진달래를 온화한 색으로 제한하면서, 정원에는 섬세한 파스텔 색조의 옅은 색상만 남았다. 앞쪽에는 크림빛 꽃송이가 쭉 펼쳐져 있다. 그 뒤로 살구빛 꽃들이, 그 뒤쪽으로는 더 짙은 오렌지빛 진달래 변종들이 자란다. 그 사이사이, 다른 진달래들을 파낸 자리에 타샤는 잉글리시 블루벨을 심었다. 파랗게 솟은 블루벨은 우연히도 진달래류와 잘 어울린다. 튼튼이 노란장대도 피어 있다. "원래 여기는 빙카 천지였어요. 하지만 내가 싹 없앴지요. 정말이라니까요." 타샤가 그렇게 굳은 말투로 쏘아붙이면, 사람도 동물도 잡초도 꼼짝 못한다.

6월은 타샤가 친구들을 불러서 원예 솜씨를 보여주고 싶어 하는 시기다. 가끔은 사람들의 반응에 오히려 놀라기도 한다. 손님들이 계속 밀려 들면 한숨 쉬며 말한다. "난 전생에 여관 주인이었을 거야. 분명해." 하지만 타샤는 주인 노릇을 잘한다. 사실 우리를 부를 구실로 파티 계획을 세운다. 이른 봄, 길이 통행할 수 있게 되면 타샤는 사방에 야생화 꽃줄을 걸어놓고 파티를 연다. 그녀는 거대한 꽃기둥을 세워서 어린 친구들이 주위를 돌면서 끈을 꼬며 춤추게 하겠다고 늘 약속하지만, 지금까지는 워낙 정원 일에 바빠서 그런 손이 많이 가는 행사는 열지 못했다.

세례 요한 축일6월 24일 · 옮긴이 전날 밤이나 지점하지점과 동지점 · 옮긴이이 가까우면, 타샤는 층층이부채꽃 초원에서 모닥불을 피운다. 누군가 경솔한 짓이라고 말하면 그녀는 얼른 "층층이부채꽃은 재를 좋아하거든요"라고 설명한다. 해마다 날씨가 좋아, 너른 들판에서 별빛을 받으며 매혹적인 행사를 치른다. 바이올린 반주에 맞춰 보랏빛 꽃

대가 너울대고, 코기들은 사람들 다리 사이를 뛰어다니며 좋아서 깽깽거린다. 화관을 쓴 어린 아이들은 키득대면서 쫓아다니고, 타샤는 눈을 반짝이며 저녁 내내 얼마나 춤을 많이 췄는지 자랑한다. 그녀의 흥겨운 스텝에 젊은 사람들이 녹초가 되었으리라.

물론 파티는 구실일 뿐이다. 타샤가 진짜 내보이고 싶은 것은 정원들이니까. 그리고 6월의 정원이 가장 아름답다. 봄의 여운과 여름의 기미가 멋지게 어우러진다. 그러면 지루한 줄 모르고 좁은 돌계단을 몇 시간이고 돌면서 장미나무 밑을 거닌다. 풍광을 감상하고 느긋하게 거닐면서 이런저런 생각을 할 수도 있다. 가는 곳마다 코기들이 따라다니지만, 타샤는 내버려둘 것이다. 가장 훌륭한 손님은 일손을 거들어 주는 사람들이다. 요즘은 그녀가 못하는 일들을 해주는 사람들이 최고다.

타샤는 소만큼 건강하지만, 42, 3킬로그램밖에 안 되는 몸이라 한계가 많다. 오래전 그녀는 손님들이 잡초를 뽑도록 그냥 두어서는 안 된다는 사실을 깨달았다. 사람들은 양귀비와 물망초를 발견하고는 무자비하게 솎아내곤 했다. 타샤는 잡초라는 판단은 스스로 해야 했다. 어디나 흔하고 즐비한 양귀비여서 손님에게는 우연히 거기

염소들이 층층이부채꽃의 바다를 지나 새로운 초지로 향하고 있다.
염소들의 여왕인 아만다는 딴 데로 가지 않도록 목줄을 매었을 것이다.

타샤는 어머니에게 물려받은 양귀비 씨앗 중에서
세심하게 고른 씨앗을 매년 정성껏 뿌린다. 그녀는 셔벗 색조의
꽃을 좋아하고, 특히 나무딸기색의 양귀비를 아낀다.

핀 것 같지만, 실은 어떤 의미를 가지고 일부러 그 자리에 심은 거였다. 타샤는 수십 해 전에 어머니의 정원에서 받아온 씨앗으로 산딸기와 복숭아색 양귀비를 골라 섞어 심기로 했다. 사람들이 양귀비를 보면 가만두지 않으니 그녀는 특별히 은밀한 곳에 씨앗을 뿌린다. 그런데도 감히 양귀비에 손대는 사람은 어찌나 잔소리를 듣는지.

타샤는 부엌에서 일이 바쁘면 푸성귀를 따오라며 손님들을
채소밭으로 내보낸다. 독일붓꽃, 안개꽃 등 꽃이 지천으로 핀
테라스들을 지나야 된다는 것을 알기 때문이다.

타샤는 새로 관목을 심을 구멍을 파주거나 비료를 뿌려야 될 먼 곳에 비료를 옮겨주는 사람을 좋아한다. 염소 우리를 청소해주면 더욱 좋고. 외양간 거름을 다른 곳으로 옮기거나 다른 힘든 일을 해준 손님은 전설의 인물이 된다. 그녀가 사람들에게 몇 번이고 거듭하며 들려주는 이야기 속에서 영웅으로 등장하니까. 사실 낯선 이들도 이따금 단지를 구경하며 돌아다니다가 타샤에게 기꺼이 돕겠다는 의사

를 표시하면 얼마 안 가 절친한 친구가 되기도 한다.

타샤는 한 구경꾼의 이야기를 지금도 즐겨 한다. 화창한 5월 아침, 그 구경꾼은 차를 몰고 가다가, 타샤가 초지에서 야생화 꽃씨를 뿌리는 것을 보고 차를 세웠다. 그는 이 숲에서 타샤 튜더를 본 적이 있느냐고 그녀에게 물었다. "일을 한창 하는 도중에 그가 방해를 했지. 내가 문제의 그 여자라고 대답하면서, 미안하지만 그날은 야생화 씨앗을 뿌리느라 바빠서 대접할 수가 없다고 말했어요. 그랬더니 그는 씨앗 봉투를 받아 들고는 금세 그 넓은 밭에 씨앗을 모조리 다 뿌려주었어요. 몇천 평이나 되는 넓은 들판이었는데." 말할 것도 없이 그는 뜨거운 옥수수빵과 긴 수다로 노고의 답례를 받았다.

중요한 것은 뼛속까지 양키인 타샤 자신도 고된 일을 즐긴다는 점이고, 또 노동에 대한 열의에 주변 사람들 또한 동참해주기를 기대한다는 점이다. 매일 타샤는 몸을 움직이며 여기를 정리하고, 저것을 심으면서 정원을 그림처럼 꾸민다. 정원은 멋대로 자라는 듯 보이지만, 그것 역시 의도한 바다. 그 저변에는 엄청난 노력이 숨어 있고, 타샤는 그 모든 것을 제대로 이루기 위해 뜻있는 사람들의 도움을 받는다. 그녀는 남녀노소 가리지 않고 친지든 남이든 정원을 지날 때면 귀한 일을 해주기를 기대한다. 타샤는 워낙 예의 바른 사람이라 대놓고 도움을 구하지는 않지만, 은근히 그런 내색을 한다.

일을 골라서 마친 사람은 늘 대접을 잘 받는다. 다들 알다시피 타샤는 혀를 내두를 만치 요리 솜씨가 뛰어나고, 다과를 가장 좋아한다. 아침의 노동에서 잠시 쉴 때면, 그녀는 부엌에서 안경을 콧등에 걸치고 집중해서 건포도빵이나 버터 스카치 롤빵의 반죽을 젓는다. 다과가 준비되기 전에 식기실에 들어가면, 타샤는 이런저런 심부름을 시키며 내쫓는다. 그녀는 부엌에선 어떤 도움도 받아들이지 않는다. 하지만 다과가 준비되어 자리에 앉아 어울릴 때가 되면, 타샤는 당장 오라고 채근한다.

화분은 움직이기가 쉽고, 또 꽃을 어디나 두고 싶은 마음에
타샤는 애지중지하는 꽃들을 화분에 심는다. 앉아서 차를 마실 때면
디기탈리스나 다른 화려한 꽃들이 그녀 옆에서 꽃대를 곧추세운다.

타샤의 집에 다닌 후로 여러 곳에서 차를 마셨다. 한동안은 작약 정원이 내려다보이는 중간 테라스에서 인동덩굴과 으아리나무 밑에 앉아 차를 마셨다. 등나무 줄기가 벤치를 타고 오르지만, 타샤의 정원은 너무 추워서 등나무꽃이 피지는 않는다. 하지만 인동덩굴은 6월에서 9월까지 꽃을 피우고, 늦여름이 되면 노란 으아리꽃이 치고 들어온다. 차를 마시기에 아늑한 자리였지만, 타샤가 찻잔 쟁반을 들고 꼬이고 엉킨 덩굴 사이를 지나기가 너무 힘들어져서, 요즘은 현관 앞자리를 선호한다. 식기실에서 편리하게 다과를 옮길 수 있는 자리니까.

현관 앞에는 자그마한 탁자가 있고, 타샤는 초롱꽃이나 수령초 같이 자랑하고 싶은 멋진 화초를 탁자에 올려둔다. 그 화초가 탁자의 공간뿐만 아니라 이야기 화제의 대부분을 차지하게 마련이다. 특별한 꽃이 피지 않으면, 타샤는 숲에서 희귀한 종류의 꽃들을 꺾어다 꽃꽂이를 한다.

타샤의 흔들의자를 끌어오고, 의자 몇 개를 가져온다. 젊은 친구들은 계단에 편히 자리를 잡는다. 티타임에는 항상 따뜻한 볕이 의자를 비춘다. 햇볕을 받으며 요리 솜씨에 대한 칭찬을 들은 타샤는 재미난 이야기 몇 가지를 들려준다. 그러면 모두 마법에 걸려 시간을 잊는다. 몇 시간이 흐른 후, 원하는 사람은 다시 일하러 간다.

가능한 오래 티타임을 가진 후, 다들 저녁의 일 시간까지 흩어져서 지낸다. 늦은 오후는 그림 그리기에 빛이 좋은 때라서, 타샤는 정원에 앉아 자연을 보며 그림을 그린다. 타샤는 삽화 그리기에 깊이 몰두할 때 방해받는 것을 꺼려서, 특별히 숨을 곳을 마련해두었다. 조용한 친구 한둘 정도야 곁에 있게 해주긴 하지만("난 까다로운 화가가

❦

언젠가 비밀의 화원은 장미 천지가 될 것이다. 하지만 지금은
거름을 자주 풍성하게 받은 덕에 디기탈리스가 위용을 뽐낸다.

아니라니까요"라고 말하면서). 6월이면 작약 정원에서, 손에는 종이를 들고 양 옆구리에는 복슬복슬한 꽃무리를 끼고 벤치에 앉은 그녀를 볼 수 있다.

타샤의 여러 정원 가운데 작약 정원만 형식미를 갖추고 있다. 정원은 작약 꽃밭 두 곳으로 이루어져 있고, 가운데 난 잔디길을 따라

가면 벤치에 이른다. 다른 정원사의 관점으로 보면 대단히 진지하게 구도를 잡았다고 느낄 것이다. 하지만 이곳은 타샤의 영역이라서, 유머 감각과 패러디의 느낌까지 묻어난다. 작약은 다른 화초의 도움 없이 공간을 멋지게 이루긴 하지만, 정원의 가장자리에는 보랏빛 버베나가 피어, 드러난 발목 부분을 숨겨준다. 한쪽에서는 작약이 시들면 모습을 드러내려고 아시아 백합이 대기 중이다.

타샤는 작약 중에서도 커다란 폭탄 타입을 선호한다. 이런 취향은 어쩐지 그녀와 어울리지 않는 듯싶다. '폭발'이라는 말은 타샤에게서 연상할 수 없다. 그러나 이 독특한 작약의 복슬복슬한 꽃잎을 보면 그런 이름인데도 그녀가 좋아하는 이유를 알아차리게 된다. 폭탄 타입은 여름 소낙비가 내려 꽃송이가 흠뻑 젖지 않는 한 몇 주 동안 완벽한 모습을 유지한다. 타샤는 빗방울에 꽃을 망치지 않으려고 비가 그치기 무섭게 뛰어나가서, 고개를 숙인 꽃송이가 다시 고개를 들 때까지 물을 닦아준다. 말할 것도 없이, 그녀는 몇 주간 그림의 소재가 되는 작약의 아름다움을 연장하려 애쓴다. 그래서 작약 꽃밭에는 일찍 피는 종류, 계절이 한창일 때 피는 종류, 늦게 피는 종류가 신중하

타샤에게 폭탄이라는 말은 어울리지 않지만
그녀는 '페스티바 맥시마' 같은 폭탄 모양의 작약을 특히 아낀다.

타샤는 어떤 꽃이든 가장 좋아한다고 말한다.
하지만 몇 종류는 워낙 애지중지해서 그 종만의 정원이 따로 있다.
작약은 타샤의 마음을 쏙 빼앗는 꽃이고, 작약 정원은 그 매력을 증명한다.

게 섞여 있다. 작약 정원은 향기롭고 하얀 '페스티바 맥시마'로 열리기 시작해서, 역시 하얗게 흐드러지는 '마더스 초이스'가 그 뒤를 따른다. 계절이 끝날 즈음에는 '닉 샤일러'와 향기로운 '새러 베른하르트'가 피면서 얇은 분홍 꽃잎이 서늘한 분위기를 자아낸다.

작약은 타샤의 자랑이요 기쁨이다. 한때는 작약 꽃밭 주변에 주목 울타리가 있었다. 하지만 타샤는 나무가 크면서 정원이 전화 부스처럼 보일까 봐 속을 태우다가, 결국은 울타리를 없애버렸다. 사실 울타리가 있을 때는 타샤가 애프터눈 티를 즐기는 자리에서 작약들이 보이지 않았기에, 울타리는 반드시 없애야 했다. 타샤는 해마다 가을이면 작약을 바싹 자르고, 전지한 것을 태워서 병이 퍼지는 것을 막는다. 그 후 정원에는 '잉크처럼 새까만' 거름이 두텁게 뿌려진다. 간단히 말해 타샤의 성공 비법은 거름에 있다. 작약 꽃밭에 비료를 준다는 사람이 있으면, 타샤는 거름을 주라고 주장할 것이다.

✎ 한두 해 전, 타샤는 그림을 그리는 데 전념할 수 있는 정원을 꾸미겠다는 생각을 했다. 자부심을 가질 만한 모든 종의 화초가 넘쳐나는 은신처가 될 터였다. 양계장 뒤편, 키 큰 라일락나무들이 에워싸 외진 곳이 있었다. 라일락나무들은 사슴이 틈타지 못하도록 설치한 전기 울타리를 가려주었다. 덕분에 물망초가 올망졸망 핀 숨겨진 오솔길로 들어서는 사람이나 이 정원을 볼 수 있었다. 타샤는 이곳을 '비밀의 화원'이라 불렀다.

비밀의 화원에는 그녀가 좋아하는 꽃들을 다 모아놓았다. 그 결과 정원이 눈부셔지기 시작하면서, 원래의 목적은 온데간데 없어졌다. 비밀의 화원은 더 이상 타샤만의 성소가 아니었다. 6월, 디기탈리스가 180센티미터나 되는 키를 자랑하면 타샤는 반점이 난 이 꽃송이

를 자랑하지 않을 수가 없다. 그녀는 손님들에게 테라스를 전부 구경시킨 후, 잠시 걸음을 멈추었다가 잘 감추어진 정원의 입구로 안내한다. 커다란 종 모양의 꽃 옆에 서서 만면에 웃음을 지으며 뽐낸다. "처음에는 디기탈리스가 약한 샐러리 같았지요. 요즘은 꽃자루가 워낙 튼실해서 저절로 손이 간다니까요." 이번에도 거름이 명약이 되었다. 초봄에 찾아가면, 거름 양동이를 디기탈리스로 옮겨서 거름을 주는 타샤를 틀림없이 보게 된다.

비밀의 화원 가운데는 꽃이 만발한 큰 돌능금나무가 있고, 주변에는 장남 세스가 만든 육각형 모양의 벤치가 있다. 디자인 감각이 있고 드라마틱한 것을 좋아하는 타샤는 벤치 주위에 하트 모양의 꽃밭을 조성했다. 하지만 화초가 흐드러지면서(물론 풍부한 거름 덕분에) 원래의 꽃밭 모양이 흐트러져버렸다. 꽃밭의 윤곽이 사라졌지만, 빽빽하게 피어난 화초는 우아함을 풍긴다. 몇 년 전만 해도 이 정원에는 들장미가 뒤죽박죽 자랐다. 이제는 다른 화초가 많아 예전 상태가 되지 않는다.

잡초 뽑기는 늘 해야 되는 일이고, 타샤는 직접 하겠다고 고집한다.
물망초와 양귀비 같은 꽃들은 저절로 씨를 뿌리게 내버려둔다.
하지만 똑같이 번식력이 좋은 봉숭아는 뽑아서 거름더미에 던진다.

비밀의 화원은 아직도 어린 정원이다. 타샤는 멋진 정원이 조성되려면 족히 12년은 걸린다고 주장한다. 이제 10년 더 정원을 가꾸면 최고조에 이르겠지. 지금도 정원에는 멋진 요소들이 있다. 특히 장미는 바랄 나위 없이 매혹적인 자태다.

장미는 타샤에게 열정의 대상이다. 비밀의 화원으로 들어가는 곳에 유난히 향이 좋은 '데이빗 오스틴' 교배종을 심어놓은 것도 이상할 게 없다. 타샤는 장미에 대해서라면 쉼없이 이야기하며, 장미는 그만큼 소중하다. 겨울에 눈이 깊이 쌓이지 않으면, 타샤는 '집안에서 대대로 내려오는 장미' 때문에 속을 태운다. 여름이 아직 멀 때는 '메리 웹' 장미를 꿈에 그린다. "6월에 '메리 웹'을 꼭 봐야 해요. 말할 수 없이 고운 레몬빛 노란색이 아름다운 향기와 어우러지거든요." 타샤는 과거의 것이라면 뭐든 좋아하지만, 그녀의 기준을 충족시키는 요즘 장인들의 노고도 인정한다. 그녀는 데이빗 오스틴을 장인으로 본다. 천재로도 인정한다. 그녀는 전화해서 흥분한 목소리로 말하곤 한다. "데이빗 오스틴의 최근 책을 봤어요? 세상에, 정말 독창적이에요. 장미를 세 그루씩 그룹으로 심다니 상상이나 할 수 있어요? 이제부터는 나도 그렇게 해야겠어요." 타샤는 영원한 학생이다.

장미는 비밀의 화원에서만 만발하지는 않는다. 어딜 가나 장미가 피어 있다. 테라스 주변의 구불구불한 미로를 거닐 때, 길에 뻗은 장미나무에 긁히지 않으려면 이리저리 피해야 한다. 타샤는 사연과 향기를 지닌 '메이든스 블러시', '요크 앤드 랭카스터', '쾨니긴 폰 되네마르크', '로자 카니나' 같은 전설적인 장미들을 수집했다. 염소 우리 옆의 담장을 따라 핀 거대한 '뉴 도운'을 제외하면, 모두 매운 바람을 피할 만한 자리에 심었다. "'뉴 도운'은 북풍을 맞아도 잘 견디거든요. 버짐병에 걸리지도 않고요."

리처드는 타샤의 로자 '윌리엄 배핀' 영국의 해양탐험가, 제독. 타샤는 이 식물을 로자 윌리엄 배핀이라고 자유롭게 부르는 모양이다 · 옮긴이 에 반해서 그의 정원에 옮겨 심었다. "여기서 드물게 위로 타고 오르며 자라는 식물이지요." 그 꽃을 좋아한다고 놀리면 그는 변명조로 그렇게 말하곤 한다.

타샤는 채소밭으로 이어지는 격식을 갖춘 장미 정원을 만들려고 했다. 하지만 집안에서 물려 내려오는 장미가 습한 토양을 싫어했고, 오솔길에 놓인 벽돌이 들리고 갈라져서, 계획을 접어야 했다. 그녀는 실망감을 극복하려고 최근에 위쪽 테라스에 부르봉 장미밭을 조성했다. 겨울마다 뿌리 덮개가 토양에서 질소를 걸러내는 것을 막기 위해 톱밥에 요소를 섞어 뿌려준다. 타샤는 "피라미드 윤곽 같아서, 장미 꽃밭이 꼭 이집트 같다니까"라고 말한다.

하지만 6월이면 완전히 달라진다. 톱밥에서 나온 장미꽃은 송이송이 눈이 부시게 피어나 겨울의 노고에 감사를 표한다. 타샤는 장미 냄새를 맡고 다니면서 향기를 평가하고, 고운 빛깔과 단아한 모양새를 칭찬한다. 화제가 장미라면 타샤는 아주 오래도록 이야기를 할 수 있다. 그간의 성과를 들려주고, 그녀가 아직 모를지 모르는 재배법의 세세한 면을 알아내려 꼬치꼬치 따진다. 장미 재배에 실패할 경우, 타샤는 고집스레 다시 시도한다. 내 짐작이 틀릴지 몰라도, 타샤는 세상에서 가장 까다로운 식물에 가장 애착을 느끼는 듯싶다.

6월이면 패랭이가 원을 이루며 초롱꽃을 에워싼다.
타샤의 세계 전체가 그렇듯 이 원도 순수한 환상을 안겨준다.

July

•

7월

데이지 화환과 참제비고깔

“나를 계속 나아가게 하는 것은

정원 가꾸기와 신선한 염소젖이랍니다.”

여러분도 짐작이 되겠지만, 타샤는 유별나게 부지런한 사람이다. 나이도 그녀의 추진력을 막지 못한다. 앉아서 유쾌하게 오래도록 수다 떠는 것을 싫어하는 것은 아니지만, 인생과 자유와 층층이 부채꽃 이야기를 하면서도 손에 일거리를 들고 있는 것을 좋아한다. 7월이면 현관 앞에서 마법에 걸린 듯한 친지들을 앞에 두고, 테라스를 바라보는 타샤를 만나게 된다. 발치에 코기들을 두고 앉아서 타샤는 조부의 이야기들을 풀어낸다. 그녀의 조부는 매사추세츠주의 나안트에서 복숭아를 재배할 수 있는지 내기를 했고, '있다'에 큰돈을 걸었다가 결국 이겼다. 그녀는 입술 끝을 살며시 올리며 웃으면서 이야기를 한다. 대부분 사실이고, 약간 살을 붙인 대목도 있다. 이야기를 술술 하면서도 손을 분주히 움직여, 타샤는 초지에서 가져온 데이지를 엮어나간다.

손님이 차를 타고 단지로 들어오면서 처음 보게 되는 초지는, 원예가가 거주한다는 인상을 전혀 풍기지 않는다. 하지만 이 초지는 밖의 너무 현실적인 세계와 환상적인 타샤의 단지 사이의 '중간 지대' 역할을 한다. 집까지 올라가는 차도가 그렇게 길지 않았다면 타샤가 차도에 바싹 붙여 화초를 심었을지 궁금할 때가 있다. 하지만 그렇지 않았을 듯싶다. 타샤는 단지와 세상 사이에 1, 2킬로미터쯤 숲이 있는 것을 좋아한다.

초지의 아름다움은 그 소박함에 있다. 결국 그런 초지는 우연히 생기는 것이니까. 숲의 초입 여기저기에 층층이부채꽃과 데이지가 나름의 조화를 이루며 자라는 것을 보면, 자연이 기분 좋게 변덕을 부려 놓은 것 같다. 꽃이 거침없이 튀어나온 것 같지만, 타샤는 뉴잉글랜드 지방의 야생 층층이 부채꽃은 알렉산더 그레이엄 벨이 심어놓은 것이라고 말할 것이다. 벨은 늘 주머니에 층층이부채꽃 씨앗을 갖고 다녔다고 한다. '조니 애플시드'본명은 존 채프먼. 순회 사과 묘목상으로 미 대륙에 사과를 퍼뜨리는 데 기여했다 · 옮긴이처럼 벨 역시 가는 곳마다 그 꽃씨를 뿌렸다. 그녀가 어릴 때 벨의 딸들과 같이 놀았기에 확실히 안다나.

하지만 물론 초지는 주의 깊게 계획해서 가꾼 성과였고, 자연스럽게 보인다면 그 역시 '작전'이었다. 원래 그 들판은 토질이 형편없이

나빴다. 타샤는 이렇게 회고한다. “세상에, 안타까웠지요. 정말 속상했어요. 경토층과 소나무가 많은 땅이었지요. 내가 들어오기 50년 전에는 이 땅에서 감자 농사를 지었다는데, 그렇게나 쓰일 땅이지요.” 그래서 타샤는 초지로 가꾸기로 결심했고 그러자 잡초와 씨름할 필요가 없어졌다. 땅을 갈고 야생화 씨앗 봉투를 들고 들판으로 나갔다. 구경꾼이 들어와서 씨앗 뿌리는 일을 해주던 때가 바로 그때였다. 그 이야기는 앞에서 했으니 넘어가기로 하고.

하지만 초지에는 구경꾼이 씨앗을 뿌려준 일화 외에도 사연이 더 있다. 초지는 광활하다. 꽃무리 사이를 차를 타고 들어갈 때면 색들이 덩어리를 이루어 앞을 가린다. 타샤는 혼잣말인지, 들리는 거리에 있는 사람에게 하는 말인지 모르게 중얼거린다. “4, 5천평 정도 되었나 봐요. 난 거리를 가늠하는 데는 젬병이거든요. 2천 평에 뿌릴 만큼만 씨앗을 샀고, 결국 들판의 반밖에 못 뿌렸지요.” 어쨌거나 야생화 씨앗을 뿌린 후, 세스가 나가서 씨앗 뿌린 곳을 롤러로 골랐다. 이것이 야생화 초지에 성공한 타샤의 비법이다. “내가 밟고 지나간 곳에서 야생화가 빼곡히 올라온다는 걸 알아차렸지요. 그래서 롤러 이

타샤의 초지에서는 데이지가 위세를 떨치지만 귀리와 노랑데이지, 말뱅이나물, 토끼풀, 나비나물, 오리새가 군데군데 피어 있다.

론대로 해보자 싶었지요. 지금껏 다시 초지에 씨를 뿌릴 필요가 없었어요." 타샤는 자랑스러운 어조로 말했다.

6월 말이면 초지는 보랏빛 층층이부채꽃 세상이 되고, 일기에 따라 7월이 깊어지도록 꽃이 지지 않는다. 물론 층층이부채꽃은 더위가 오면 금방 진다. 풀밭과 층층이부채꽃이 뿜어내는 아름다움은 타샤가 입에 달고 다니는 화제요, 여러 일화의 주인공이다. 초지는 집 바로 앞 차도까지 뻗어 있어 바깥 세계의 영향을 받게 마련. 타샤는 사람들이 들어와서 초지를 망치지 않게 조치를 취해야 한다. 짐작하다시피 보통은 타샤의 승리로 끝난다.

잔설에 대해서는 의견이 분분하다. 타샤는 눈이 층층이부채꽃에게 도움이 된다고 확신한다. 탑처럼 솟은 층층이부채꽃은 초지의 가장자리에 가장 많은데, 거기는 눈을 쌓아두는 곳이다. 그래서 이 부분에 대해서는 타샤와 제설기 기사가 같은 편이다. 하지만 어느 운 나쁜 겨울, 제설기 기사는 눈을 제대로 치우지도 못하고 엉뚱한 곳에 눈을 쌓았다. "나는 숨 돌릴 틈도 없이 전화를 걸어, 흡족하지 않다고 확실히 얘기해줬지요. 그는 몹시 후회하면서, 1년간 무료로 눈을 치워주겠다고 했어요. 결국 나는 사과를 받아들였지요…. 이런 일이 다시는 없을 거란 다짐을 단단히 받고서." 이 이야기를 할 때면 타샤는 아직도 흥분을 감추지 못한다.

🙜 층층이부채꽃이 만개하지 않은 때도 초지는 눈부시다. 사실 타샤는 그다음 시기를 더 기꺼워한다. 층층이부채꽃이 절정기를 막 지날 즈음, 초지에는 황소눈 데이지와 댐스 바이올렛이 천천히 피기 시작한다. 노란색과 흰색 데이지와 보랏빛 댐스 바이올렛의 어울림에 화가인 타샤는 말할 수 없이 흐뭇해진다. 이제 세인트 존스워트, 노란 토끼풀, 노란 데이지, 수레국화가 피게 된다. 한때 셜리 양귀비가 자랐지만, 공격적인 다른 꽃들과 경쟁을 제대로 못해 자취를 감췄다. 눈을 쌓아두는 곳에서 멀리 떨어진, 초지의 위쪽 끝에서는 산딸기(타샤가 "이렇게 달콤한 건 처음"이라 말하는)가 자란다.

초지는 가끔씩 하는 제설 기사와의 다정한 의논 외에는 관리에 품이 들지 않는다. 타샤는 데이지를 잘 가꾸려고 나무 난로에서 나온 재로 만든 잿물을 뿌려준다. 물론 매년 열리는 한여름 모닥불 파티에서 나오는 재도 뿌린다. 다른 비료는 뿌리지 않는다. 해마다 9월 중순이 되면 이웃인 앤디 라이스가 초지의 잔디를 깎고, 그것이 초지가 받는 보살핌의 전부다. 그럼에도 초지는 언제든 매력적이고, 타샤에게 데이지 화환의 재료 이상을 준다. 결혼식이나 한여름의 파티 같은 특별한 일이 생기면 타샤는 참석한 아이들에게 데이지 왕관을 만들어준다. 축하 행사가 아니어도 타샤는 손자들을 위해 화관을 만든다. 아이들이 손놀림을 보고 만드는 법을 배우고 싶어 하기를 소망하면서.

칭찬의 말을 하면 그녀는 얼른 손을 젓는다. "아니, 난 리스를 제대로 만들 줄 몰라요." 하지만 화관은 예쁘고 오래간다. 그녀는 꽃의 수명을 늘리려고 접시나 욕조에 담가둔다. "하지만 씌워주기 전에 물기를 잘 빼야 해요. 여자애 수십 명이 찬물이 목덜미로 줄줄 흐르자 비명을 지르면서 뛰어다닌 적이 있었거든요. 난장판이 됐지요."

타샤는 주로 위쪽 테라스에서 화관을 만든다. 햇살 좋은 날엔 현관 그늘, 햇살이 부드러울 때는 풀밭에서 한다. 집이 언덕 꼭대기에 있기에, 땅바닥이 현관문에서 가파르게 내리막이다. "테라스를 만들기 전에 한번 봤어야 하는데. 현관문에서 3미터도 넘게 뚝 떨어졌다니까요." 타샤는 그 지역 석수 중 짐 헤릭이 솜씨가 으뜸이라는 소문을 듣고, 공사 약속을 받아냈다. 하지만 시간이 지나도 그는 안 나타났고, 타샤는 직접 문제 해결에 나섰다. 대형 포스터를 그려, 우체국의 눈에 잘 띄는 곳에 붙인 것. 짐을 데려오는 사람은 후사한다는 내용이었다. "뭘로 후사했는데요?"라고 물었더니 타샤는 "그야 레몬 머랭 파이였지"라고 대답했다. 바로 다음 날 짐은 아들 지미를 데리고 나타났고, 부자는 그 지역에서 가장 훌륭한 돌 테라스를 만들었다.

❧

타샤는 화관이 "특별할 게 없다"지만,
안팎으로 꼬아서 실로 묶기만 했는데도 단단하다.

하지만 테라스가 멋진 것은 돌 쌓은 솜씨 덕분만은 아니다. 타샤는 데이지 화환을 만들면서 천상과도 같은 풍경을 바라본다. 언제든 테라스 전체에 꽃이 빽빽하게 차 있다. 그게 타샤의 스타일이다. 하지만 위쪽 테라스의 경우는 좀 다른 듯싶다. 코기들은 뛰어놀면서 구름 같은 흰 쥐오줌풀(내 판단으로는 향이 비교가 안 되는데도 '헬리오트로프'로 불리는 경우가 많다), '레이디스 맨틀'장미과에 속하는 허브·옮긴이, 펑의다리, 향기로운 장미와 뜰냉이, 향긋한 적갈색 패랭이꽃 아래로 사라진다. 캐트민트고양이가 좋아한다는 허브, 들풀·옮긴이가 지천으로 피어 있고, 램즈이어양의 귀처럼 생긴 허브·옮긴이가 꽃밭의 가장자리에 핀다. 참제비고깔은 담장에 당당하게 피어오르고, 해마다 뒷문 밖으로 툭툭 뿌리는 양귀비가 군락을 이루어 빛난다. 그 정도 꽃밭으로도 부족한 듯 타샤는 단지와 골동품 질그릇을 빽빽이 늘어놓는다. 화분에는 그녀가 아끼는 버베나, 제라늄(즉, 양아욱), 팬지, 진짜 헬리오트로프, 피튜니아 같은 일년생 화초들이 가득 담겨 있다. 형식을 갖춘 작은 분홍색 '페어리' 장미 화분과 노란색 '라이즈 앤드 샤인' 장미

누구나 쥐오줌풀을 좋아하진 않지만
타샤는 그것이 "고운 허브이고 그 향이 좋아요"라고 말한다.
그래서 테라스 하단에 쥐오줌풀이 무리지어 피어 있다.

화분은 다듬어 정돈한 정원에 어울린다. 하지만 이런 형식미에는 장난스런 요소가 있다. 워낙 기분 좋게 정신없는 풍경이어서 화분들은 소란에 목소리를 보탠 데 지나지 않는다. 이 꽃들이 사라지면서 샤스타 데이지, 껑충한 붓꽃, 시달케아가 피어 있고, 멀지 않은 곳에 하얀 용머리(피소 스테기아)가 있어 균형이 잡힌다. 타샤가 앉아서 화환을 만들 때 그 주변에 자리잡은 꽃들의 종류를 끝없이 댈 수 있지만, 말하지 않아도 어떤 정경인지 상상할 수 있을 것이다.

이 모든 것의 아름다움은 조화롭게 어울리는 데 있는 듯싶다. 타샤는 답답한 듯 얼른 말한다. "물론 색깔이 한데 어우러지지요. 어울리지 않는 것은 한순간도 거기 머무르지 않으니까요." 사실 보는 사람이 없을 때 타샤는 종종 화초를 파내서 더 어울리는 자리로 옮기는 경우가 많은 것 같다. 그러니 완벽하게 어울리는 것들만 남는다.

위쪽 테라스에 앉으면 아래쪽이 훤히 내려다보인다. 중간과 하단 테라스를 훑어보면서, 꽃들이 흐드러지는 광경 전체를 만끽할 수 있다. 그녀는 더 찬찬히 보고 싶으면 오솔길을 걷다가 가파르고 좁은 계단을 내려간다. 그 곁을 코기들이 따라 걷는다. 타샤는 맨발에 치마폭이 넓은데도 미로 같은 테라스의 길들을 물 흐르듯 걷는다. 하지만 다른 사람들에게는 길이 미로처럼 얽힌 데다 꽃이 너무 빼곡해서, 한여름이면 통로 몇 군데는 완전히 숨은 길이 되어버린다. 그래도 재미 있다. 아이들과 동물들은 신이 난다. 그들은 계단을 내려가 사라져서는 몇 시간이고 나타나지 않는다. 가끔 꽃 사이에서 키득대는 웃음소리가 새어나오긴 하지만.

타샤의 오솔길들을 못마땅해하는 어른들도 있다. 움푹 들어가고, 꽃무리 속에서 길이 안 보이다시피 하니까. 여기저기 울창한 나무들이 거치적거린다. 사실 테라스에 난 길을 하나 골라 이리저리 엉킨 길을 따라 가다 보면, 억센 장미 줄기에 발목이 긁히고 가지에 머리칼이 뜯긴다. 하지만 테라스 자체와 테라스가 풀어놓는 농담을 즐기지 못할 사람은 타샤의 집을 찾지도 않는다. 얽히고설킨 어린 가지와 그루터기를 못 참는 사람이라면 타샤의 친구가 못 된다.

물론 풍성하게 피어오르는 덩굴들은 모두 의도해서 심은 것들이다. 타샤는 덩굴식물을 좋아하고, 그 자유로움과 장난스런 분위기를 마음에 들어 한다. 처음 이곳에 왔을 때 타샤는 줄기가 뻗을 만한 자리마다 덩굴식물을 심었고, 세월이 흐르면서 구석구석에 덩굴을 더 심었다. 격자 울타리마다 보기 좋은 덩굴이 안팎으로 뻗어 있다. 인동

타샤는 단지에 있는 덩굴식물은 뭐든 내력을 알고 있다.
집 옆의 파란 으아리가 뭔지 물으면 그녀는 대답한다.
"아 그거요, '라모나'지요. 재미난 노인한테 샀어요.
그 양반, 오래전에 천국에 갔을걸요."

덩굴과 으아리가 뒤엉켜 열정적인 사랑을 나누면서, 타샤가 차를 마시는 나무 위로 그늘을 드리운다. 가을에 피는 향기 짙은 참으아리는 나팔꽃과 나뭇잎이 뒤얽힌 채 현관 위로 뻗어 있다. 비둘기 떼가 앉는 처마 위로 등나무가 타올라가고, 고양이가 낮잠을 자는 안뜰에도 다른 등나무가 있다. 장미들은 제 마음대로 구불구불 뻗어가며 자리를 차지한다.

어떤 것들은 지지대 없이도 우아하게 부채꼴 모양으로 피어올라, 계단으로 이어지는 오솔길 앞에 그윽한 풍경을 연출한다. 어떤 장미는 오래전에 세워 둔 지지대를 완전히 가린다. 덩굴식물이 관목들과 뒤섞여 자라게 하는 것이 타샤의 작전이다. 집 옆 라일락나무의 나뭇잎 사이로 으아리가 뻗고, 장미들은 으아리와 짝을 이루어 덩굴이 어디서 시작되고 끝나는지 구분이 되지 않는다.

✎ 타샤는 화초를 편애하지 않으려 하고 어떤 것이 더 좋다고 내색은 하지 않지만, 으아리 쪽으로 마음이 기우는 눈치다. 으아리들은 변덕스럽고 환상적인 구석이 있어서, 주인 정원사에게 도전을 안겨주기 때문이겠지. 으아리

는 꼭 맞는 때에 전지해줘야 한다. 새로 꽃을 피우는 나무는 초봄에, 늙은 나무에서 꽃을 피우는 것들은 여름에 가지치기를 해야 한다. 또 아주 둔감한 것들은 가지치기를 해주지 않는다. 보통 타샤는 아무렇게나 가지치기를 하지 않는다. 사실 그녀가 계절의 중간쯤에 나무를 전지하는 것은 본 적이 없다. 으아리는 뿌리는 서늘하게, 가지는 햇살이 잘 드는 것을 좋아한다. 하지만 우리가 상상할 수 있다시피 타샤는 해결책을 갖고 있다. "바닥이 납작한 평평한 바위가 기막힌 효과를 발휘하지요."

7월, 타샤의 정원은 풍성하다. 꽃송이가 풍성하고, 할 일이 넘친다. 해마다 다른 종류의 문제가 생겨서 신속히 처리해야 한다. 언덕 꼭대기를 내리치는 천둥번개와 분투를 벌여야 되는 해도 있다. 당당히 서 있던 참제비고깔, 접시꽃, 디기탈리스가 폭풍우에 황폐해진다. 타샤는 폭풍우를 끔찍이 싫어한다. 어머니가 벼락에 맞을 뻔해 머리에 꽂았던 핀들이 녹아내린 일을 당했으니, 타샤로서는 두려울 것이다. 그녀는 폭풍우를 두려워하고, 마크 트웨인의 말을 빗대 "천둥은 인상적이지만 효과를 발휘하는 것은 번개다"라고 빈정대기도 한다. 물론 천둥번개에 동반되는 비는 정원을 엉망으로 만들어버린다.

하지만 7월, 몇 차례의 벼락보다 가뭄이 들어서 정원사를 더 괴

한여름이면 한때 원추리가 피었던 자리에 붓꽃이 피고,

현관 옆에 덩굴식물이 뒤엉켜 자란다.

라일락인 로자 '마담 하디'와 으아리 '잭마니'가 보기 좋게 엉겨 있다.

당당하게 뻗은 참제비고깔을 떠받칠 때, 타샤는 흉한 막대기 대신
담에 기대게 하는 경우가 많다. 참제비고깔이 동자꽃, 작약과 함께 피어 있다.

롭히는 경우도 많다. 타샤는 수련 연못 때문에 애를 태운다. 또 뿌리가 깊지 않은 진달래들과 테라스에서 시들해지는 연약한 허브들을 염려한다. 타샤는 대형 물뿌리개로 물을 주면서 말한다. "420미터 높이에서는 한낮에 모든 게 시들어버리고 말지요. 내게 원수가 있다면 호스를 다루게 하겠어요. 호스를 똑바로 펴려고 하면 어찌나 속을 썩이는지." 하지만 우물이 워낙 얕아서 호스를 쓰지 못하는 해도 많다. 그러면 타샤는 몇 분이 멀다 하고 식기실에 가서, 엄지손가락으로 기

점심에 먹을 빵이 구워지는 동안,
타샤는 손님들을 보내 화려한 수련을 구경하게 한다.

압계를 건드려보고 머리를 저으며 한숨짓는다. "여전히 꿈쩍 않는군…. 오늘 오후에는 비가 안 오겠어요."

가뭄이 들면 연못은 가장 극적인 변화를 보인다. 보통 7월에는 연못에 향기로운 수련이 떠다닌다. 수련이 워낙 많아서 타샤는 힘들게 헤아려가면서 몇 송이 따다가, 집 안의 수반에 담가놓곤 한다. 어느 해에는 말썽꾸러기 코기 레베카가 수련을 죄다 먹어버렸다. 하지만 그 후유증으로 복통을 앓은 탓인지, 타샤의 엄한 꾸짖음 덕분인지 다시는 그런 짓을 안 저지른다.

최근 가뭄이 든 몇 번의 여름에 귀한 수련이 상한 적이 있다. 작년에는 어느 새벽에 리처드가 카메라와 삼각대를 들고 와보니, 연못에 아무것도 없었다 한다. 리처드는 좀처럼 오싹해 하지 않는 사람이다. 하지만 타샤 말로는 그가 공포에 질린 얼굴로 돌아왔다고 한다. 리처드는 기가 막히다는 듯이 방금 본 것을 말했다. "누군가 플러그를 뽑아버린 것 같아요. 사라져버렸어요. 연못이 텅 비어버렸어요." 알고 보니, 타샤는 아들 탐이 생일 선물로 준 수련들을 모두 떠서 7, 8월 두 달간 실내에 있는 욕조에 띄워두었던 것이다. 다행히 늦여름에 비가 많이 내려, 몇 주 만에 연못은 다시 수련을 받아들일 준비가 되었다. 수련을 연못에 띄울 수 있어 다행이었다. 수련이 집 안에 있으면 레베카가 언제까지 유혹을 견딜 수 있을지 아무도 몰랐으므로.

타샤는 말한다.
"수련을 가까이 둬야겠기에, 필요하면 욕조나 대야에 띄워두지요."

August

•

8월

백합과 산딸기

"차를 준비하는 동안,

나가서 정원을 둘러보지 그래요?"

정원사들이 8월에는 일을 슬쩍 제치는 경우가 종종 있다는 것을 알고 있는지? 속도에 지치고 끝없는 정원 일에 지치거나, 여름의 흐드러짐에 약간 싫증이 나서 늦여름의 정원이 약간 지저분해져도 내버려두는 수가 있다. 하지만 타샤는 다르다. 화초를 가꾸는 기간이 워낙 짧아서 매 순간을 아깝게 여긴다. 8월의 정원은 5월과 다름없이 눈부시다.

물론 타샤는 유난히 오래가는 화초를 추구한다는 것을 부인할 것이다. 그녀는 일부러 계획을 하다가 들키는 것을 내켜하지 않는다. 하지만 정원이 멈추는 시기를 메워줄 화초를 찾느라 카탈로그를 뒤적일 것이다. 지금까지 그런 탐색은 결실이 있었다. 확실히 한여름의 정원은 봄의 정원과 달라 보인다. 이제는 말끔한 꽃송이들이 빼곡하게 피어난 꽃밭이 아니다. 8월에는 데이지, 백합, 풍접초, 피버퓨, 접시꽃을 비롯하여 언덕 꼭대기에서 잘 견뎌내는 꽃들이 헝클어져 핀다. 정원은 색의 향연장으로 변한다.

8월에도 타샤의 작은 산 위는 심하게 덥지 않다. 시내보다 기온이 5도는 낮을 것이다. 하지만 높아서 좀 건조하고 바람이 불며, 심심찮게 가뭄이 든다. 타샤는 토양과 그늘, 빛에 대해서는 화초가 원하는 대로 해줄 수 있다. 하지만 날씨는 그녀로서도 어쩔 수가 없다.

8월쯤이면 정신없이 돌아가던 분위기가 어느 정도 가라앉는다.

먼저 정원에 새로 벌이는 일이 별로 없다. 한여름은 꽃을 심거나 옮기는 절기가 아니다. 8월에 타샤는 누군가 희귀한 화초를 가져와서 당장 심어야 되는 경우에나 땅을 판다. 나는 파란 현호색여러해살이 풀인 야생화 · 옮긴이을 내밀면서 "여기요. 볕이 잘 드는 곳에 꽂으세요"라고 말하곤 한다. 타샤는 한바탕 고맙다고 인사치레를 하고는, 꽃의 특징과 필요한 사항을 묻고 밖으로 나간다. 그리고 흙을 파는 도구를 들고 돌아온다. 그녀는 한참 동안 마음에 있는 말을 하지 않고 있다가 조심스레 말한다. "난 어떤 식물도 땅에 대충 꽂지는 않아요. 화초를 심을 때는 늘 단단한 삽을 사용하죠." 그 말과 함께 구덩이를 판다.

화초를 심지 않아도, 처리할 자질구레한 일들이 많다. 타샤는 과일이나 야채를 앞치마에 담아 들고 여기저기 오솔길들을 오르내린다. "꼭 필요할 때는 바구니가 없다니까." 그녀는 치마폭에 자두를 담으면서 중얼댄다. 치마 얘기가 나왔으니 그녀의 차림새 이야기를 하고 싶다.

타샤는 늘 잘 차려입는다. 나는 보통 사람들이 옷을 가볍게 입고 싶어 하는 날, 그녀의 집을 찾아가곤 한다. 리처드는 셔츠 소매를 걷어 올린 채 나타나고, 나는 끈 원피스만 입고 간다. 하지만 타샤는 늘 어깨와 팔꿈치를 가리고, 치마는 발목까지 치렁치렁하다. 몹시 무더운

날씨에도 그녀는 땋아 올린 머리에 스카프를 쓰고 칼라에도 스카프를 두른다. 원칙적으로 살을 드러내지 않는다. 하지만 봄이 올 무렵부터는 늘 맨발로 정원을 돌아다닌다. 어릴 때부터의 습관이라는 소문도 있다. 봄부터 날씨가 허락하면 항상 맨발이다. 가끔 그녀는 "이런, 벌을 밟았네"라고 중얼댄다. 주변에 있던 이들이 도움이 필요할 것 같아 달려간다. 하지만 타샤는 발에서 벌을 떼고는 태평스레 걸어간다.

타샤는 연중 손님을 대접하지만, 특히 8월이면 서늘한 언덕 꼭대기로 모여드는 사람들이 많다. 타샤는 늘 멋진 안주인 역할을 해낸다. 특히 추수한 작물로 맛 좋은 빵을 구워 손님들을 기쁘게 하기를 좋아한다. 날씨가 아무리 더워도, 손님들이 있을 때는 장작 스토브에 불을 피운다. 그녀는 으스대는 목소리로 말한다. "난 음식은 모두 장작 스토브로 하거든요. 물론 장작 스토브는 까다롭지요. 아무 나무나 땔 수 없거든요. 소나무와 나무토막을 태워서는 빵을 제대로 구울 수가 없어요. 하지만 난 엔젤 케이크카스텔라의 일종 · 옮긴이를 성공적으로

수확할 때 돕겠다는 사람이 많아서,
나무에서 딴 나무딸기가 고스란히 식기실로 가지는 못한다.
개들도 나무딸기를 달라고 떼를 쓰고, 배불리 먹는다고 한다.

구워낼 수 있어요. 쉽지 않은 일인 건 알지요?"

해마다 이맘때면 리처드가 이런저런 핑계를 만들어서 타샤의 집에 찾아올 만도 하다. 타샤는 그의 식성을 놀리기를 좋아한다. "지난번에 리처드가 미리 연락도 없이 찾아왔기에, 우리가 방금 파이를 다 먹었다고 말했지요. 물론 장난으로 그랬어요. 그가 고개를 떨구더군요. 어찌나 풀이 죽은 모습이던지, 그 자리에서 파이를 구워줘야 했다니까요." 사실 타샤는 리처드의 섬세한 미각을 귀하게 여긴다. 그가 문틈으로 고개를 내밀고 들뜬 목소리로 "좋은 냄새가 나네요"라고 말하면, 그녀의 뺨이 환하게 빛난다. 타샤는 먹거리를 따려고 테라스를 내려가다가, 자꾸만 딴 데로 빠진다. 화사한 꽃들이 피어 정원은 찬란하다. 이맘때면 꽃마다 키가 훌쩍 크고 풍성해서, 테라스는 봄의 희미

리처드는 가장 좋아하는 음식으로 나무딸기 파이를 꼽는다.
타샤는 그가 온다는 소식을 들으면 바깥 날씨가
아무리 더워도 장작 스토브에 불을 지핀다.

타샤는 이렇게 말할지 모른다.

"기억해요. 토바가 나에게 몬티첼로산 검은 접시꽃을 나눠주기로 약속했어요.
그래도 가장 맘에 드는 종류는 이파리가 멜론빛인 종류예요."

'애그웨이'에서 구입한 스위트피가 화사하게 피어 있다.

한 색조와는 달리 짙은 색들의 잔치가 벌어진다. 콘플라워의 꽃잎이 얼굴을 활짝 펴고, 오솔길에 통통한 접시꽃들이 줄지어 핀다. 이즈음의 꽃들은 대담하고 색조가 강렬하다. 타샤가 겹꽃보다는 한 겹꽃이 예쁘다는 접시꽃은 저절로 씨앗을 뿌리는 듯, 한여름에 멋지게 피어난다. 꽃대에 예쁜 꽃잎들이 줄줄이 피어나서, 나는 옆을 지날 때마다 시샘의 눈길을 감출 수가 없다. 알풍뎅이가 이파리 하나 갉아먹지 않는다. 타샤의 정원은 워낙 추워서 겨우내 해충이 살아남을 수가 없다.

타샤의 접시꽃도 샘나지만, 스위트피를 보면 부러워 죽을 지경이다. 서늘한 언덕 꼭대기에 내가 본 스위트피 중 가장 아름다운 꽃이 핀다. 물론 서늘한 날씨 덕분만은 아니다. 타샤는 해마다 호화로운 꽃잔치를 벌이기 위해 엄청난 노력을 쏟는다. 타샤와 이웃들 간에 경쟁 같은 것이 벌어진다. 숲의 들머리에 누구네 스위트피가 맨 먼저, 가장 곱게 피느냐를 놓고 다툰다. 타샤는 경쟁자들을 누르기 위해 겨울에 씨앗을 사러 '애그웨이'로 달려 간다. 씨앗을 밤새도록 물에 담갔다가, 질소 고정 세균 속에 넣고 굴린 다음, 토탄 화분에 심어 침실 창틀에 올려놓는다.

봄이면 화분에서 자란 것을 채소밭의 철망 울타리 옆에 심고, 어린 덩굴 곁에 호를 파놓는다. 스위트피가 뻗을 즈음, 구덩이에는 비료를 뿌린다. 타샤는 사람 다니는 길에서 멀지 않은 곳에 놓인 대형 통에서 비료를 발효시킨다. 그녀의 딸 에프너는 봄이면 비료를 만들 소 배설물을 가져온다. 통에 배설물과 물을 넣어두면 여름내 삭아 비료가 된다. "냄새가 향기롭진 않을 거예요." 타샤는 통의 뚜껑을 열기 전에 경고한다. 물 1갤런을 넣고 희석시켜 스위트피 구덩이에 뿌려줄 참이다. 뚜껑을 열면, '향기롭지 않은' 정도가 아님이 밝혀진다. 그래도 이 악취 나는 비료 덕에 내가 본 중 가장 키 크고 ("일부는 키가 2미터도 넘지요.") 향기로운 스위트피가 자란다. 타샤는 엄청난 칭찬을 받은 후, 내가 집에 갈 때 이 날개 달린 꽃을 한 아름 들려 보낸다.

타샤네 단지가 아래 지대보다 서늘하긴 해도, 한여름에는 꽤 무덥다. 스토브를 때면 특히 더 무더워진다. 8월이면 요리를 할 때 타샤는 손님들을 연못으로 내보낸다. 수련 구경 때문이 아니라, 물에 들어가서 텀벙대라는 것이다. 그러면 그녀는 오스트리아산 낫을 들고, 연못에서 멀지 않은 앵초밭 주위의 풀을 정리하러 나올지도 모른다. "앵초밭 주변을 베는 일은 아무에게도 맡기지 않아요. 사실 나는 낫을 잘 쓰거든요." 그녀는 그렇게 설명한다. 하지만 물가에 있어도 물에 들어가는 법이 없다. "난 바다를 오가는 사업을 했던 집안 출신이에요. 어머니는 처음으로 도선사 자격증을 딴 여성들 중 한 사람이었지요. 아버지는 배를 조종하려고 자격증을 땄지요. 하지만 난 어릴 때

스티브 데이비가 잔디를 깎아주지만
타샤가 다른 사람에게 낫질을 시키지 않는 곳이 많다.
그녀는 아끼는 접시꽃 주변의 풀을 직접 깎고,
잘린 풀을 조심스럽게 갈퀴로 긁는다.

부터 물을 좋아하지 않았어요. 물을 무서워하는 구석이 있나 봐요."

타샤의 집에 가는 사람이라면 누구나 백합에 매료되지 않을 수 없다. "난 백합에 대해서는 잘 알지 못해요." 비결을 물으면 타샤는 그 말로 질문을 대번에 일축해버린다.

그녀가 아끼는 것들("진짜 예쁜 것들이 있지요.")은 테라스의 2미터도 훌쩍 넘는 돌담에서 자란다. '블랙 드래곤'과 그에 못지않게 화사한 동양의 교배종들이 엄청난 꽃봉오리를 터뜨려 늦여름에 향기를 내뿜는다. 돌담은 '심술 궂은 북서풍'을 막아줄 뿐만 아니라, 짐 헤릭의 야무진 솜씨 덕에 돌에 열기가 저장되어 밤에 기온이 내려가도 온기를 준다. 더군다나 단아한 아시아 백합이 작약 꽃밭의 가장자리를 장식하면서, 작약이 마지막 꽃잎을 떨어뜨리면 그 자리를 메운다.

원추리백합과 원추리속의 다년생 식물·옮긴이를 진짜 백합과 같은 수준으로 볼 수는 없지만, 늦여름 타샤의 맨 아래 테라스에 핀 원추리 몇 송이가 눈에 확 들어온다. 오래전 원추리가 돌담에 줄지어 자랐지만, 타샤는 그것들을 딴 데로 옮겼다. "원추리가 초라해 보이지 않아요?" 그 후 원추리는 어디론가 가버렸다. 타샤는 백합을 정원에서 키우는 한편 화분에서도 길러, 인상적인 트럼펫 모양의 꽃이 어울릴 만한 곳에 옮겨놓는다. 보통은 현관에서 차를 마실 때 백합이 자리를 빛낸다. 타샤는 가을에 백합을 심고는 화분을 망으로 덮어("쥐들이 먹지 않게"), 1월에 새싹이 날 때까지 지하실에 간수한다. 새싹이 돋은 화분은 온실의 그늘진 구석으로 옮겨진다. 7월이 되면 백합은 그야말로 팡파르를 울린다.

꽃도 좋지만, 타고난 양키인 타샤는 실용적인 데가 있다. 정원

타샤는 '임페리얼 실버' 백합을 유난히 좋아한다.
이 백합은 꽃송이가 크지만 2주일밖에 가지 않는다.
꽃이 많을 때는 족두리꽃, 안개꽃, 콘플라워, 야생당근과 함께 꽂는다.

어디에나 다양한 과실수가 있다. 말할 것도 없이 그녀가 보기에 과실수는 정원을 완전하게 만든다. 과일이 열리는 나무 수풀마다 꽃이 피어 있다. 말 그대로 정원은 육신과 영혼의 양식을 준다. 타샤가 넓은 대지에 시도해보지 않은 과실수는 없을 것이다. 물론 그녀의 선택은 신중하다. 뉴잉글랜드의 추운 겨울을 이기지 못할 약한 과실수를 가꾸는 것은 쓸데없는 짓이다. 하지만 타샤는 본채와 직각으로 이어지는 안전한 곳에 살구나무를 심어놓았다. 아직 살구를 따본 적은 없지만 나무는 죽지 않고 살아서, 타샤는 자주 "인간의 가슴에는 희망이 영원히 살아 있는 법이니까"라고 말한다.

타샤는 '블랙 드래곤' 백합과 분홍색 '파리지엔느',
노란 '발라드' 동양 백합을 섞어 꽂는다.
곁들여 집안에 내려오는 단추 같은 피버퓨를 즐겨 꽂는다.

복숭아는 완전히 얘기가 다르다. 채소밭으로 내려가는 계단에 인상적인 '릴라이언스' 복숭아나무 몇 그루가 줄지어 있고, 복숭아가 달려 있다. 타샤는 그 광경을 보며 좀 으스댄다. '릴라이언스' 품종을 개발한 사람은 뉴햄프셔 대학 교수인 엘윈 미더다. "그는 정말 좋은 사람이지요. 그의 북쪽 정원에는 살구가 얼마나 많은지, 우린 나무 밑에 앉아서 떨어지는 살구를 먹었는데 배가 불러 혼났어요. 내 나무에도 언젠가 그렇게 맛있는 과실이 열리겠지." 타샤의 복숭아를 먹어본 사람이라면 교배종이 다 똑같이 맛이 좋은 건 아님을 안다. 엘윈 미더가 개발한 복숭아는 감미로울 정도다. 리처드는 "얼마나 맛이 좋은지. 타샤에게는 말하지 마세요. 내가 좀 슬쩍하거든요"라고 고백한다. 그가 한순간이나마 타샤를 속일 수 있을까 싶지만.

타샤는 엘윈 미더의 '릴라이언스' 복숭아의 팬이다.
특히 북쪽 정원에서 생산된 것을 좋아한다.
블루베리와는 달리 복숭아는 파이에 넣지 않는 것 같다.

리처드를 유혹하는 과실은 더 있다. 타샤는 길가에서 자라는 야생 블루베리(월귤나무)가 머핀 같은 것을 구울 때 좋다고 하지만, 그녀도 통통한 개량종 나무 몇 그루를 심었다. 거기서 나오는 블루베리는 염소젖 크림을 먹을 때 곁들인다(그녀는 크림 분리기를 갖고 있다. 고리가 엄청나게 많이 달려 있는데, 사용 후에는 모두 씻어서 말려야 한다). 남는 블루베리는 얼리거나 시럽에 재워 병에 담았다가 겨울에 먹는다. 반면 라즈베리(나무딸기), 특히 '라덤'과 '셉템버 골드' 품종은 잼을 만든다. "최고의 잼 재료는 블랙 라즈베리(복분자)지요. 하지만 펙틴이 부족하기 때문에 잼을 만들 때 사과를 넣어야 해요."

물론 라즈베리나무는 전지를 해줘야 하고, 그게 늘 중요한 문젯거리다. 가지치기는 1월에 해야 하지만, 눈이 너무 많이 쌓여서 작업을 하기 힘들다. 하지만 타샤는 걱정하지 않는다. "책에서 가을에 열매 달린 가지를 전지하는 새로운 방법을 배웠어요. 얼른 시험해보고 싶어 좀이 쑤시네요."

열매류 외에도 채소밭에서 멀지 않은 곳에 사과, 서양자두, 배나무가 있다. 배나무의 품종은 미스터리다. 전에 살던 집에 있던 나무로, 한때 타샤는 그 품종을 알았지만 기억에서 희미해졌다. 아무튼 맛 때문이 아니라 나무가 잘생겨서 화가인 주인은 이사할 때 두고 올 수가 없었다. 그래도 타샤는 잘 익은 배를 병조림하면 맛이 좋다고 주장한다.

타샤는 블루베리를 빵 구울 때도 쓰지만, 크림과 곁들여 내기도 한다.

한편 서양자두는 모양보다 맛이 뛰어나다. 타샤는 온실에서 이어지는 남동쪽 내리막길에 노란 자두나무 두 그루를 심었다. 열매가 얼마나 맛있는지, 코기들이 뒷발로 서서 가지를 내려 따먹을 정도다. 타샤는 개들이 자두를 못 따게 단단히 단속한다. "자두를 먹으면 개들이 설사를 하거든요." 하지만 개들이 자두를 슬쩍하는 광경을 나도 두어 차례 본 적이 있다.

과실수들 다음에는 채소밭이 이어진다. 채소밭에는 브로콜리,

케일, 토마토, 콩, 양배추, 싹눈양배추, 상추, 시금치 등 '늘 있는 것들'이 자라고, 멋진 꽃도 있다. 그 뒤에는 타샤의 배려가 깃들어 있다. "난 식물들이 뿌리를 촉촉하게 유지하기 위해 풀숲을 더 좋아한다고 생각해요." 그녀는 콩 줄기를 받치는 막대기 주위에 뿌리를 내린 데이지, 딜, 양귀비, 금잔화를 지나면서 말한다. 이것들 중 채소밭에서 자랄 법한 종류는 딜뿐이다. 하지만 모든 게 보기 좋고 수확량도 대단하니, 누구도 의심스런 눈길을 주지 않는다.

손님들에게 맨 먼저 안내하는 곳은 아니지만, 타샤는 채소밭을 자랑스러워한다. 키우는 채소가 거의 식재료로 쓰이니까. 완두는 수확량뿐 아니라 예쁜 모양 때문에 특히 아낌을 받는다. 타샤는 전봇대 같은 덩굴이 2미터 넘게 뻗는 '토머스 렉스턴' 콩을 재배한다. 봄에는 공간을 만들려고 콩 이랑 사이에 상추를 심는다. 그녀는 콩이 일찍 자라는 데 만족하지 않고, 7월 말이나 8월에 다시 심는다. 날씨가 너무 습하지 않으면 9월에는 수확이 가능하다. 또 토머스 제퍼슨이 그랬다는 이유로 강낭콩을 심지만, 사실 맛으로는 '켄터키 원더' 덩굴제비콩이 훨씬 낫다고 주장한다. 물론 멜론, 마늘, 리마콩도 심지만, 짧은 재배 기간 때문에 실패할 수밖에 없다. 타샤는 누런 호박은 싫어한다. "난 애호박도 좋아하지 않아요. 하지만 누군가 권하면 먹긴 하죠." 그녀는 호박류의 재배 기간이 길지 않아 제대로 익지를 못해서 싫은 거

라고 둘러대는데, 아마 그 말이 맞을 것이다.

그러니 타샤는 북쪽 채소밭과 그 주기에 아쉬움이 별로 없다. 신중한 계획으로 기후에 맞추어 취향도 가꾸었으니까. 물론 때론 강수량이 적어 곤란을 겪는다. 특히 8월. 블루베리나무에 열매가 안 열리면 큰일이다. 또한 8월에 때 이른 서리가 내리면 보통 난감한 게 아니다. 하지만 전체적으로 보면 타샤는 뉴잉글랜드의 날씨에 맞춰 성공적으로 정원을 가꾸고 있다.

맛있는 식재료를 구할 목적으로만 채소밭을 가꾸는 것은 아니다.
금잔화와 딜, 양귀비, 데이지도 채소밭에서 자란다.
나팔꽃은 강낭콩 넝쿨과 뒤엉겨서 막대기를 타오른다.
서늘한 기후 때문에 키우지 못하는 채소도 있지만,
타샤는 대단한 양배추를 길러낸다.

September & Beyond

•

9월과 그 이후

수확의 계절

"어젯밤에는 서리가 내렸어요.

낡은 천으로 포도나무를 덮어줘야 했지요."

타샤네 전화 옆의 벽에는 수십 개의 이름과 전화번호, 그림들이 그려져 있다. 타샤는 누군가에게 전화하고 싶으면 전화기로 걸어가, 돋보기를 쓰고 벽을 들여다보며 필요한 번호를 찾는다. 사실 이 오래된 게시판에는 온갖 종류의 정보가 나와 있다. 종묘상 이름, 비료 공식, 화초의 라틴어명, 사랑스런 코기를 그린 스케치들. 하지만 가장 필요한 정보는 그녀의 머리에 고스란히 쌓여 있다.

가끔 나는 타샤에게 전화해 기막히게 아름다운 향을 지닌 백합이나 꽃잎이 라벤더색인 팬지의 이름을 물어본다. 그녀는 잠시 생각하고는, 어릴 적 스코틀랜드인 보모의 일화를 한두 가지 말하고 나서 보통은 신비로운 꽃의 종류를 알아맞힌다. 하지만 제때 기억나지 않으면 서너 가지 이야기가 더 이어지고, 타샤는 한숨을 내쉬면서 당장은 모르겠다고 인정한다. "한번 찾아보도록 하지요." 그녀는 그렇게 마무리한다. 혼자서 기억을 환기하면 답은 나온다.

그럼에도 타샤는 영감과 조언을 주는 원예 관련서를 엄청나게 갖고 있다. 처마 아래, 겨울 부엌 위쪽 방은 책만 두는 용도로 쓴다. 벽을 채운 네 개의 서가에 새 책, 오래된 책 할 것 없이 정원 관련서가 빼곡하다. 파르마 바이올렛의 적절한 관리법이나 대대로 내려오는 장미의 특징에 대해 알아야 할 때 타샤는 그 방으로 사라진다. 그녀는 사과조로 말하곤 한다. "책들이 정돈되어 있지를 않아서요. 순서대로

가을에 타샤의 정원을 색스럽게 하는 꽃은 사프란이다.

꽂으려 시도는 해보았지만 도저히 불가능해요. 책이 워낙에 많아서."

하지만 그녀는 뭐가 어디 있는지 죄다 아는 것 같다. 특히 바이올렛 관련서와 에머슨의 『미국의 나무와 관목』, 어머니 소유였던 거트루드 제킬 영국의 유명한 원예가 · 옮긴이의 초판본들이 있는 곳은 정확히 안다. 하지만 가끔 위층에서는 "이렇게 멍청할 데가!"라는 탄식이 터져 나온다. 그런 소리가 나면 필요한 책을 얼른 못 찾고 있다고 알면 된다.

당연히 전화기 옆 벽에는 타샤가 필요할 때 통화할 수 있는 친구들과 이웃들의 이름이 다 적혀 있다. 보통 타샤는 까다로운 정원 일을 직접 하기를 좋아한다. 친지들로서는 다행이지만. 예전에 언젠가 정원사를 둔 적도 있지만, 타샤는 워낙 독립적인 성격이어서 다른 사람이 정원에서 계획하거나 심거나 화초를 옮기게 가만 내버려두지 못한다. 하지만 몇몇 가까운 믿는 친구들은 육체적으로 힘든 일을 거들고, 그러면 두고두고 타샤의 찬사를 받는다.

"최고의 도움을 받았어요. 그보다 더 잘할 수는 없어. 또 같이 일하니 재미있고요." '아주 학식 있는 허브 전문가'인 이사벨 해들리는 잡일을 맡고, '더운데도 몇 시간이나 잡초를 뽑는' 멜라니 보이드가 정원에서 일하는 모습을 자주 볼 수 있다. 힘차게 낫질을 하는 스티브 데이비는 성격이 좋아서, 타샤가 비둘기집을 청소해야 된다는 말을 비치면 즐거이 비둘기똥 냄새를 맡겠다고 나선다. 앤디 라이스는 영국산 양치기 개인 콜리를 데리고 들러서 타샤의 코기를 기쁘게 한다. "우리 오웬이 평소에는 다른 개들을 상대도 안 하는데, 순종 콜리한테는 거만을 부리지 않고 신나게 뛰어다니지요." 자녀들과 손자들도 자주 일손을 거들고, 특히 옆집에 사는 손자 윈슬로가 많이 돕는다.

✎ 9월, 화분을 온실에 들여놓을 때가 되면 타샤는 윈슬로를 부른다. 그즈음이면 정원은 여름의 화려함을 맛보고, 옆바람과 햇살의 특혜를 누린 상태다. 화초를 실내로 옮기는 것은 큰일이고, 해마다 화초에 주는 거름이 점점 많아지면서, 화분을 옮기는 일도 커진다. 특히 월계수는 너무 커져서 타샤가 '그 총각'이라 부를 정도다. 앞에서 말했듯 타샤의 눈에는 모든 화초가 '아가씨'다. 튼튼한 고광나무를 말할 때도 "아가씨가 온실의 자리를 많이 차지하잖아요"라고 말할 정도. 하지만 여름에 월계수가 우람하게 자라서 가을에 온실로 옮길 무렵에는 타샤도 "총각이 겨울 집으로 안전하게 옮겨졌지요"라고 말했다.

타샤가 내게 전화하는 경우는 희귀종 바이올렛이 싹을 틔우거나 온실에 난방이 나갈 때만이다. 보통은 내가 전화를 걸어 앵초가 싹트는 것에 대해 묻거나, 우리 집 염소의 건강을 걱정하곤 한다. 타샤가 수화기를 들면, 개 짖는 소리가 먼저 인사한다. 타샤는 "개들을 조용히 시킬 동안 잠깐 기다리세요"라고 양해를 구한다. 나는 숨을 멈추고 저쪽에서 엄하게 "쉿!"이라고 꾸짖는 소리를 듣는다. 마침내 침묵이 퍼진다. 그제야 타샤는 전화기를 들고 누구시냐고 묻는다. 우리는 집안에 물려 내려오는 팬지 재배종들의 특성과 그것들을 얻을 수 있는 방법에 대해 이야기하고, 그 사이 시간이 흘러 타샤가 불에 올려놓은 음식이 바싹 졸거나, 스토브에 장작을 넣어야 될 때가 된다. 아무리 할 일이 있어도 타샤는 전화를 끊기 전에 꼭 묻는다. "거기는 날씨가 어때요? 알고 싶어 죽겠네." 언제나 버몬트의 날씨가 훨씬 인상적이다. 사실 늘 내가 코네티컷의 날씨를 너무 흐리멍덩하게 전해서 타샤는 놀란다.

9월이면 날씨 이야기는 서리가 내렸느냐로 모아진다. 물론 버몬트는 그 어느 곳보다 서리가 일찍 내린다. 8월에 정원이 얼어버리는 경우도 가끔 있다. 타샤는 특히 추운 밤에는 아끼는 약한 화초에 미리

천을 덮어두어 피해를 방지한다. 이따금 8월의 공포가 찾아오지만, 대부분 타샤의 정원엔 9월 첫 주 무렵 서리가 내린다. 타샤는 "서리가 너무 일찍 내려서 다 시들었는데, 그 후 한 달 동안이나 날씨가 화창하면 정말 하늘이 원망스럽지요"라고 투덜댄다. 하지만 여린 화초들이 죽어도 할 일이 많다. 타샤는 육감이 뛰어난 사람이어서, 가을에는 활기 없는 때를 맞을 준비에 여념이 없다.

🙞 타샤가 수확하기를 좋아한다는 말을 했던가? 그녀는 가을이면 전화를 걸어 동백나무 이파리가 파래진다거나 극심한 질병을 없애는 법 같은 중요한 이야기를 하지만, 늘 콩코드 포도로 막 젤리를 만들었다는 말이 은근슬쩍 나온다. 물론 포도는 서리에 상하지만, 타샤는 미리 천을 씌워두어 서리 피해를 피한다.

🙞 그녀는 잼과 젤리를 만드는 것을 보람으로 삼아, 애플젤리와 라즈베리, 복숭아, 블루베리, 검은 심블베리 나무딸기의 일종 · 옮긴이 잼을 만든다. 리처드는 차를 마시면서 잼을 고를 때면 나직이 "복숭아 잼이 정말 맛 좋아요"라고 감탄한다. 진달래 정원 옆에서 자라는 평범한 매자 열매도 끓여서 젤리를 만든다. 타샤는 일손을 도운 친구들이 다음 해에 찾아가면 잼으로 보답한다. 또 매년 멋진 크리스마스 선

물로 보내주기도 한다. 타샤는 개들이 간절히 원해도 모른 체한다지만, 수확물의 상당량은 개들에게 돌아가지 않을까 싶다. 코기 오웬이 갈망하는 눈으로 뚫어져라 쳐다보면, 타샤가 어떻게 못 본 체할까?

타샤는 정원에 열린 과실과 열매를 모두 수확하지는 않는다. 과실수와 관목 몇 그루는 새들을 불러들이고 먹일 계획으로 심어놓은 거니까. 테라스의 덩굴장미 다음에 심은 들장미와 마가목에 핀 오렌지색 열매가 ("스코틀랜드에서는 마가목을 '로완'이라 부르지요. 마귀를 막으려고 심었대요.") 돌능금과 어우러져 겨울 내내 새들의 먹이가 된다. 가을이면 큰어치새와 여새가 떼지어 돌능금나무 위로 날아들고, 타샤의 표현대로 그들은 '아주 만족하는 새들'이다. 하지만 늦겨울이야말로 새들의 행복감은 절정에 이른다. 이런 현상을 목격해온 리처드는 이렇게 설명한다. "다들 친밀해지지요. 돌능금이 빨갛게 타오르는 무렵이면 그 광경이 어김없이 다시 눈앞에 그림처럼 펼쳐지지요…."

한번은 타샤에게 가을에 견과류를 주우러 가냐고 묻는 실수를 저질렀다. 그녀가 숨 쉴 새도 없이 단호하게 "난 견과류는 좋아하지

타샤는 배가 아직 단단할 때 수확한다.
"배나무의 품종을 정확히 모르겠지만, 아주 늦게 익어요."

않아요"라고 대꾸하는 바람에, 더 말하지 않는 게 좋겠다 싶었다. 확실히 타샤의 정원에는 견과류 나무가 없지만, 그녀는 검은 호두껍질과 히코리북미산 호두나무과의 나무 · 옮긴이 껍질을 염료로 쓴다고 한다.

몇 해 전, 타샤는 우연히 1830년에 만들어진 베틀에 난 구멍에 깊이 쑤셔 박혀 있는 체크 무늬 천을 발견했다. 쪽과 양파껍질(비둘기색을 냈다), 검은 호두껍질("예쁜 코기 색깔을 만들지요.")로 모직에 그 무늬를 그대로 염색했다. 타샤는 그 천으로 만든 드레스를 편하고 예쁘다며 한동안 즐겨 입었다. 하지만 정원사의 옷은 오래가지 못하는 법이라, 옷의 역할이 끝나고 나면 강아지의 깔개로 변하게 마련이다.

열매류는 타샤와 새들에게 먹거리가 된다.
매자 열매는 잼을 만드는 반면, 마가목 열매는 날개 달린 친구들의 먹이다.

타샤는 뭐든 이용하는 재주가 있다.
가을이면 가장 붉고 큰 잎으로 단풍잎을 모아서 헛간에 보관했다가,
추울 때 염소에게 먹인다. 쑥부쟁이는 모나크 나비들의 먹이가 된다.

사계절 내내 타샤의 차림새는 늘 비슷하다. 항상 무늬 있는 긴 팔 드레스를 입는다. 몸통은 달라붙고 치마는 발목까지 내려오는 드레스다. 하지만 기온이 떨어지면 옷을 덧입는다. 가을에는 진달래 정원 부근에 친 빨랫줄에 숄, 망토, 속치마를 널어 다가올 겨울에 대비해 거풍을 한다. 빨간 플란넬 속치마와 검은

모 스타킹으로 옷 속을 따뜻하게 하고, 숄을 몇 겹 두른다. 집안에 내려오는 예쁜 브로치로 숄이 어깨에서 흘러내리지 않게 고정한다. 계절이 깊어지면, 바깥에 일하러 가기 전에 후드 달린 망토를 걸친다. 사실 망토 두른 모습은 꽤 화려하고 약간 별스러워 보인다. 그런 차림새로 타샤는 밭에서 감자를 캔다.

타샤에게 감자 수확은 한 해의 정점을 이루는 일로 꼽히니 멋지게 차려 입을 만한 행사다. "감자 캐는 일이 좋아요. 숨겨진 보물을 찾는 것처럼 정말 만족스럽거든요. 삽이 감자를 찍어서 두 쪽으로 나눌 때면 진저리가 쳐 지기도 하지만요."

늘 종달새를 찾아다니는 장난꾸러기 코기는 감자를 물고 마구 갉다가 다시 훔치러 오곤 한다. 하지만 타샤가 여름에 비료를 주고, 감자 줄기 주변에 비옥한 흙을 북돋우느라 긴 시간을 쏟은 덕분에 감자는 많다. "난 감자에 홀렸나 봐요. 아일랜드 혈통 때문이겠죠." 그녀는 무거운 감자 통을 지하 저장실로 옮겨주는 친절을 베풀어주는 사람이라면 누구에게나 그 말을 한다.

가을에는 지하 저장실에 드나듦이 잦다. 감자 바구니는 문 바로 안쪽의 어둡고 서늘한 곳에 보관한다. 계단 아래와 안쪽 깊숙한 곳에는 모래를 켜켜이 뿌린 당근, 사탕무, 무 상자를 놓고, 가끔씩 물을 뿌려준다. 부추는 단으로 묶어 나무 상자에 보관하고, 가끔 뿌리째 캔 양배추에서 흙을 털어내 고목 부분을 꼭 묶어서 매달아두었다가 필요할 때 꺼내 쓴다. 이따금 양배추 뿌리는 다 먹지 못하고 상할 때가 있지만, 잎은 절대 버리지 않는다. "못 먹는 이파리는 닭 모이로 주지요." 간단히 말해 그것이 타샤의 인생 철학이다. 한순간도 그냥 보내지 않고, 몸짓 하나도 허투루 하지 않고, 나뭇잎 하나 버리지 않는 것이.

타샤는 '그린마운틴'과 '카타딘'메인주에 있는 산·옮긴이에서 나는 감자류를 좋아한다. 성심껏 감자밭을 일군 덕분에 매년 풍성한 수확을 한다.

타샤는 언제든 대단한 꽃다발을 만들어낼 수 있다.
가을이면 현관에는 낙엽과 참제비고깔, 능금나무, 수국이 한 아름 꽂힌다.
해마다 이맘때면 브라마닭과 코친닭이 돌아다녀도 해를 입을 게 별로 없다.

뉴잉글랜드 지방에서 가을은 전통적으로 사과의 계절이고, 타샤는 사과를 요모조모로 이용한다. 단지에 사과나무는 많지 않고, 리처드는 편하게 간식으로 먹을 수가 없다고 불평한다. 하지만 큰 과수원을 가진 인심 후한 이웃들이 젤리, 사과주, 애플소스를 만들고도 남을 만큼 사과를 많이 나눠준다. 리처드는 특히 애플소스를 좋아한다. "맛이 좋아요. 타샤는 염소젖 요구르트, 바삭바삭한 슈가 쿠키에 애플소스를 곁들여 내지요. 이상한 말인 줄 알지만, 그 맛이 숭고하다니까요."

타샤의 단지에서는 배가 아주 많이 난다. 배가 충분히 익기 전에

타샤는 꿈의 사과를 찾을 때까지 사과나무는 몇 그루만 키우고 있다.

서리가 내리기 때문에, 타샤는 과일이 아직 단단할 때 따서 실내에서 익힌다. 배가 무르면 위층 복도와 손님방에 보관한다. "배가 미로처럼 놓여 있어서 사람들이 요리조리 피해 다녀야 되지만, 배를 익히기에는 그보다 맞춤한 데가 없어요." 장담컨대 그 누구도 불평하지 못한다.

과일과 채소를 추수하는 한편 구근을 심는다. 매년 타샤는 심는 구근의 종류를 늘린다. "겨울마다 들쥐들이 가져갈 몫도 챙겨줘야지요." 그녀는 구근을 많이 심는 것을 그런 식으로 변명한다. 그래서 해마다 봄이면 드라마틱한 구근식물 쇼가 펼쳐지고, 가을마다 타샤

타샤는 늘 구근을 더 많이 심는다.
특히 '욕심 사나운 들쥐들 몫으로' 사프란을 많이 심는다.
구근 심는 시기가 되면, 겹겹이 껴입고 누빔 속치마까지 덧입는다.

는 털옷을 껴입고 단단한 삽을 들고 나가 구근을 심는다.

그녀가 좋아하는 작가 마크 트웨인처럼 타샤도 이따금 적설량과 찬바람에 대해 과장하는 듯하다. 하지만 그녀가 '충격적인 양'의 구근을 심는다고 할 때는 조금도 과장이 아니다. 돕겠다고 나선 사람들에게는 다행스럽게도 타샤는 구근을 하나씩 심지 않는다. 그렇지 않다

타샤는 늘 새를 위해 돌능금을 남긴다.
특히 능금이 발효되어 꿀술이 되면 새들은 타샤의 후한 인심을 만끽한다.
서리가 내리면 양치류 식물이 보기 좋게 얼지만, 정원에 손실을 입힌다.

면 우리는 모두 아직도 밖에서 구근을 심고 있을 것이다. 그녀는 땅을 파서 길쭉한 홈에 구근을 뿌린다. "이미 심은 것들은 그대로 두고 새 것들을 여러 개씩 구멍에 담아두는 것이 비법이지요." 타샤는 구근을 심는 이들에게 일러준다. 튤립, 아이리스를 비롯해 다른 구근들이 계단으로 쏟아져 채소밭으로 들어가면, 타샤는 "나같이 정신없는 사람들을 위해 구근 감지기가 나와야지, 원"이라고 중얼댄다.

보통 타샤는 작물을 심을 때 달의 변화를 주시한다. 타고난 자연주의자라서 행성의 움직임을 의식한다. 주기와 달의 변화 등. 당근과 감자 같은 뿌리 작물은 달이 이지러지는 시기에 파종하고, 잎이 많은 허브같이 땅 위에서 자라는 식물은 달이 찰 때 심는다. 내가 "그러면 크로커스는 어느 때 심어야 되는데요?"라고 물으면 타샤는 "언제든 마음 내킬 때"라고 대답한다. 구근들이 모두 땅속에 안전하게 자리잡은 것을 알고 의기양양한 목소리로 그렇게 말한다.

타샤는 "난 온기가 있어야 된다고 믿어요"라고 말한다.
바깥 날씨가 추울수록 집은 포근하고 따스하다.
그런 따스함을 위해 그녀는 외눈 고양이와 함께 땔감을 줍는다.

허브로 말하자면, 온실문 바깥쪽의 허브 정원에서 거두어 분류한 다음 묶어서 가을까지 다락방에서 말린다. 타샤는 허브를 좋아한다. 처음에는 관심을 갖는 이유가 예쁜 잎이나 마음 찡한 내력 때문인가 싶었다. 허브가 쓸모와 모양새를 동시에 갖추었기 때문임을 이제는 확실히 안다.

오래전 타샤와 처음 만났을 때 공통 관심사는 허브였다. 나는 막 허브에 대해 알기 시작하는 때였고, 타샤는 허브에 대해 잘 알았다. 그녀는 허브로 토피어리 식물을 장식적으로 다듬어 만든 장식품 · 옮긴이를 만들고, 허브를 엮어 장식적인 화기를 만들고, 말려서 차로 만들었다. 이제 그녀의 허브 화분은 30년 이상 되었고, 하나같이 멋진 모양이다. 세이지, 마조람, 타임, 카모마일이 해마다 피고 날씨가 따뜻해지면 세이보리와 바질 같은 일년초를 다시 심는 허브 정원은 아찔할 만큼 무르익었다. 타샤는 초지에서 붉은 토끼풀을 따서 차를 만들고, 월계수잎을 말려서 크리스마스에 친구들에게 보낸다. 제니 렌 편지지에 편지를 써보낼 때면 타샤는 언제나 로즈마리 한 대를 안에 끼운다("추억을 위해서"). 그래서 내가 우편함을 열면 향기가 퍼진다. 봉투를 뜯기도 전에 누가 편지를 보냈는지 안다.

✎ 9월에서 10월로 넘어가면서 가을이 깊어가도 타샤는 할 일이 여전히 많다. 한겨울에 꽃을 보려면 구근을 화분에 심어야 한다. 또 염소젖 치즈는 세이지를 뿌리고 누른 다음 왁스를 발라서 간수해야 한다. 냉상난방 장치가 없는 프레임·옮긴이에 앵초 화분과 팬지 씨앗을 뿌린 판을 올려놓아야 하고, '욕심 사나운 쥐 떼'를 막기 위해 모두 망으로 단단히 덮어야 한다. 한번은 타샤가 내게 이런 말을 했다. "내년에는 제대로 된 냉상을 만들 작정이에요. 『벤자민 버니 이야기』영국의 동화작가 베아트릭스 포터가 쓰고 그린 그림책. 토끼들이 주인공으로 정원을 배경으로 한 이야기다·옮긴이에 나오는 것과 비슷한 걸로. 옆면에 단단한 벽돌을 쌓아 멋진 솜씨로 만든 냉상이지." 타샤가 베아트릭스 포터의 그림책들을 넘기면서, 더 훌륭한 정원사가 되기 위해 배우고 아이디어를 얻는 모습이 그려지지 않는지?

바이올렛 씨앗도 뿌려야 하고, 서둘러 싹이 나지 않으면 친구들에게 전화를 한다. 저녁이면 벽난로 앞에 앉아 개를 무릎에 앉히고 책을 읽으며, 적설량을 걱정한다. 어떤 때는 눈이 너무 많이 쌓여서, 그 밑에서 무슨 일이 벌어지는지 가늠밖에 못 한다. "이달에는 쥐 발자국을 하나도 못 봤어요. 다 눈 밑에서 내 튤립을 먹고 있을 테죠." 화초와 관련해 온갖 상상의 나

래를 펼치며 시간을 보내기도 한다. 여느 정원사들은 11월이면 안절부절못한다. 밑동만 남은 들판과 뉴잉글랜드의 찬바람을 원망한다. 하지만 타샤는 다르다. 11월이면 그녀는 비로소 멋진 돌 테라스를 감상할 수 있고, 몇 달 후 벅차게 피어날 꽃들을 꿈꿀 수 있으니까.

계절이 깊어지면 타샤는 저녁 내내 불가에 앉아서, 흰 수선을 옆에 두고
그림을 그린다. 겨울에는 뜨개질이나 바느질을 하고 옷을 깁는다.
그녀의 손은 늘 분주히 움직이고, 머릿속에는 항상 꿈이 넘친다.

·
·
·

천국 같은 정원으로의 나들이

오래전 우리 부부는 일산 쪽으로 집 구경을 다녀왔다. 정확히 말하면 동네 구경을 하러 간 길이었다. 더 정확히 말하면, 아파트 단지가 아닌 진짜 집(한 지붕 아래 우리 가족만 살 수 있고, 그런 집들이 모여 동네를 이루는)을 보러 갔다. 당장 이사 계획이 있어서는 아니었다. 몇 년 후(글쎄 모르지. 서울이란 곳에 사노라면 잿빛 아파트에서만 살다가 눈을 감아야 할지도) 살고 싶은 동네가 있을까 싶어, 일하다가 바람을 쐬고 싶으면 그렇게 남의 동네를 얼씬댄다. 여러 집들을 만나게 된다. 제각기 모양도 크기도 다른 집들이 재미나다. 한때는 건물의 모양새가 '집 좋다'거나 '동네 좋네'라는 판단의 기준이었다. 하지만 이젠 좀 달라졌다. 집집마다 키우는 꽃과 나무가 자아내는 정경과 집과 집 사이 작은 길에 핀 꽃무리의 풍성함에 따라 '집 좋다', '동네 좋다'란 생각을 하게 된다. 그래서일까, 강북의 어느 부촌처럼 높은 담장에 가려 마당을 들여다볼 수 없는 집은 아무 감흥도 주지 못한다. 그날 우리가 찾아간, 담장 없이 트인 마당에 피어난 분홍과 보라 꽃들이 풍성했던 그 동네는 참 좋았다.

타샤 튜더는 동화작가이자 삽화가다. 주로 어린이들을 위한 책을 쓰고 그린다. 꽃과 동물을 주제로 편지지를 디자인하기도 한다. 아흔 살이 넘도록 타샤는 버몬트의 조용한 시골에 30만 평이나 되는 땅을 정원으로 가꾸며, 말 그대로 동화 속에 나오는 삶을 살았다. 1800년대 스타일의 옷차림으로, 직접 천을 짜고 염소젖으로 치즈를 만든다. 눈이 많이 오는 겨울이면 눈신을 신고 다니며 가축과 온실을 돌본다. 긴 겨울에도 온실에 동백꽃이 피고, 봄과 여름이면 색색의 꽃이 흐드러지게 피어나고, 가을이면 감자며 당근이며 추수를 하는 타샤의 정원은 천국과도 같다. 타샤는 그 모든 것을 자기 손으로 일구었다. 타샤의 정원은 그녀의 삶이다.

『타샤의 정원』은 꽃을 통해 친구가 된 토바 마틴이 정원의 사계를 글로 쓰고, 리처드 브라운이 타샤의 생활과 정원을 사진으로 찍어 엮은 책이다. 1800년대에 살다 환생했다고 믿는 타샤는 늘 긴 드레스를 입고, 1800년대같은 생활을 하며 지낸다. 먹고 입고 사는 것 모두 고풍스럽다. 손님이 오면 현관 앞에 앉아 직접 길러 만든 차를 마시며 테라스에 핀 꽃들을 보면서 대화를 나눈다. 여자 아이들이 찾아오면 화관을 만들어 씌우고, 1800년대의 드레스를 입어보게 해준다. 마리오네트 인형을 만들어 공연을 하고, 크리스마스 때면 아름다운 트리를 만들고 오솔길에 촛불로 길을 만들어 구유에 누운 아기 예수의 장면을 연출한다.

이 글을 옮기면서 마치 꿈속을 거니는 기분이었다. 이따금 아파트가 답답해지면 찾아가서 남의 동네를 기웃거리는 것으로도 메우지 못하는 묵은 갈증이 씻기는 기분이었다. 우리가 꿈꾸는 꽃과 골동품과 조용한 삶이 거기 모두 있으니…. 이런 충만감을 얻을 수 있어서 우리가 책을 보는 게 아닐까. 이 책은 시름을 잠시 잊고 마음속으로 깊이 꿈꾸던 세상에 다녀올 수 있는 책이다. 책이 나오면 가장 먼저 선물하고 싶은 사람은 어머니다. 어머니는 오랫동안 꽃꽂이를 배우셔서, 내가 자랄 때 언제나 집에 꽃이 있었다. 어린 시절의 풍경을 아름답게 만들어주신 어머니에게 감사를 전한다. 또 내가 딸 유나에게 그런 풍경을 선물할 수 있는 엄마가 되기를 진심으로 바란다.

공경희

타샤 튜더 연표

- 1915년 보스턴에서 조선 기사 아버지와 화가 어머니 사이에 출생.
  타샤의 집은 마크 트웨인, 소로, 아인슈타인, 에머슨 등 걸출한 인물들이 출입하는 명문가였음.
- 9세 부모의 이혼. 아버지 친구 집에서 살기 시작함. 그 집의 자유로운 가풍으로부터 큰 영향을 받음.
- 15세 학교를 그만두고 혼자서 살기 시작함.
- 23세 첫 그림책 『Pumpkin Moonshine』 출간. 결혼.
- 30세 뉴햄프셔의 시골로 이사. 2남 2녀를 키움.
- 42세 『1 is One』으로 한 해 동안 출판된 가장 훌륭한 어린이 그림책에 수여하는 '칼데콧 상' 수상.
- 56세 더욱 시골인 버몬트주의 산골에 18세기풍의 농가를 짓고 생활하기 시작함. 우수한 어린이 책을 제작, 보급하는 데 공헌한 사람에게 주는 리자이너 메달 수여받음.
- 83세 타샤 튜더의 모든 것이 사전 형식으로 정리된 560쪽에 달하는 『Tasha Tudor: The Direction of Her Dreams』(타샤의 완전문헌목록)가 헤이어 부부에 의해 출간됨.
- 91세 미국 '노먼 록웰 뮤지엄' 등에서 전시회 '타샤 튜더의 영혼' 개최됨.
- 2008년 92세 나이로 가족들이 지켜보는 가운데 비밀의 정원으로 돌아감.

타샤 튜더 대표작품

1938년 · Pumpkin Moonshine
1939년 · Alexander the Gander
1940년 · The Country Fair
1941년 · Snow Before Christmas
1947년 · A Child's Garden of Verses(로버트 루이스 스티븐슨 지음, 타샤 튜더 그림)
1947년 · The Doll's House(루머 고든 지음, 타샤 튜더 그림)
1950년 · The Dolls' Christmas
1952년 · First Prayers(타샤 튜더 그림)
1953년 · Edgar Allen Crow
1954년 · A is for Annabelle
1956년 · 1 is One
1957년 · Around the Year
1960년 · Becky's Birthday
1961년 · Becky's Christmas
1966년 · Take Joy! The Tasha Tudor Christmas Book
1971년 · Corgiville Fair
1975년 · The Night Before Christmas(클레멘트 무어 지음, 타샤 튜더 그림)
1976년 · The Christmas Cat(딸 에프너 튜더 지음, 타샤 튜더 그림)
1977년 · A Time to Keep
1987년 · The Secret Garden(프랜시스 호지슨 버넷 지음, 타샤 튜더 그림)
1988년 · Tasha Tudor's Advent Calendar
1990년 · A Brighter Garden(에밀리 디킨슨 지음, 타샤 튜더 그림)
2000년 · All for Love
2003년 · Corgiville Christmas

✎ 글을 쓴 **토바 마틴**은 《빅토리아》지의 객원 편집자이자 코네티컷에 있는 '로지네 온실'의 수석 원예가로 활동했다. 주요 정원 잡지에 원예 관련 글을 쓰면서 『천국의 에센스』, 『꽃이 필 무렵』, 『현대 정원을 위한 옛 꽃들』, 『꽃들의 길』 등 다수의 책을 펴냈다.

✎ 사진을 찍은 **리처드 브라운**은 보스턴 부근에서 성장했고 하버드 대학에서 미술과 미술사를 전공했다. 1968년 버몬트로 이사한 후 작은 학교에서 교편을 잡다가, 사진작가 일을 시작했다. 《해로스미스 컨트리 라이프》, 《오듀본》, 《내셔널 와일드라이프》, 《뉴욕 타임스》, 《컨트리 저널》 등에 그의 사진이 실렸다. 『왕국 정경』, 『버몬트 크리스마스』, 『에덴 동산의 시간』, 『시골 정경』 등의 작품집이 있다.

✎ 글을 우리말로 옮긴 **공경희**는 서울대 영문과를 졸업한 후 지금까지 번역가로 활동 중이다. 성균관대 번역 테솔 대학원의 겸임교수를 역임했고, 서울여대 영문과 대학원에서 강의했다. 시드니 셸던의 『시간의 모래밭』으로 데뷔한 후, 『메디슨 카운티의 다리』, 『모리와 함께한 화요일』, 『호밀밭의 파수꾼』, 『파이 이야기』 등을 번역했다.

타샤의 정원

편낸날 초판 1쇄 2006년 8월 20일

개정신판 1쇄 2023년 12월 8일

지은이 타샤 튜더, 토바 마틴

사진 리처드 브라운

옮긴이 공경희

펴낸이 이주애, 홍영완

편집장 최혜리

편집1팀 김하영, 양혜영, 김혜원

편집 박효주, 장종철, 문주영, 홍은비, 강민우, 이정미, 이소연

마케팅 김태윤, 김철, 정혜인, 김준영

디자인 박아형, 김주연, 기조숙, 윤소정, 박소현

해외기획 정미현

경영지원 박소현

펴낸곳 (주)윌북 출판등록 제2006-000017호

주소 10881 경기도 파주시 광인사길 217

전화 031-955-3777 팩스 031-955-3778

홈페이지 willbookspub.com

블로그 blog.naver.com/willbooks 포스트 post.naver.com/willbooks

트위터 @onwillbooks 인스타그램 @willbooks_pub

ISBN 979-11-5581-663-9 04840

979-11-5581-662-2 (세트)

- 책값은 뒤표지에 있습니다.
- 잘못 만들어진 책은 구입하신 서점에서 바꿔드립니다.